모든 것은
독서모임에서
시작되었다

모든 것은
독서모임에서
시작되었다

초판 1쇄 발행 2021년 5월 28일

지은이　신재호 은가람 이계진 박용석 김정란

펴낸이　원하나
편집　김동욱
디자인　정미영
일러스트　정기쁨
출력·인쇄　금강인쇄(주)

펴낸곳　하나의책
출판등록　2013년 7월 31일 제251-2013-67호
주소　서울시 관악구 남부순환로 1855 통일빌딩 308-1호
전화　070-7801-0317 팩스 02-6499-3873
블로그　blog.naver.com/theonebook

ISBN　979-11-87600-12-1　03800

신재호
은가람
이계진
박용석
김정란

모든 것은
독서모임에서
시작되었다

함께 읽으며 만난 변화들

평생 함께할 '책 친구'를
찾는 분들에게

이 책을 읽는 여러분은 어떤 분일까요. 이제 막 독서모임을 시작한 초심자일까요, 이미 여러 번의 독서모임을 겪은 경험자일까요. 독서모임에 그저 작은 관심을 가진 분일 수도 있겠네요. 책으로 무언가를 시도하고 싶은 분이라는 것은 확실하겠지요. 『모든 것은 독서모임에서 시작되었다』에는 독서모임을 통한 다양한 변화가 담겨 있으니 당신이 찾는 답을 어느 정도 주리라 믿습니다.

독서모임 초창기에는 당장 다가오는 모임 준비에 급급합니다. 책 고르기, 발제문 만들기, 모임 진행하기 등 쉬운 것이 하나도 없습니다. 어떤 일이든 초반에는 서툰 법이니 당연하겠지요. 어느 정도 모임 횟수가 쌓이면 고정적으로 오는 분들이 하나씩 늘어나고, 그러면 '믿는 구석'이 생깁니다. 조심스레 독서모임 고민을 그분들과 공유하면서 주기적으로 찾아오는 고비를 넘기기도 합니다. 저는 그분들을 '열심 회원'이라고 부릅니다.

시간이 조금 더 흐르면 열심 회원이 더욱 많아집니다. 이쯤 되면 그분들과 또 다른 것을 시도하고 싶다는 욕심이 생기지요. '독서모임을 오래 하기만 하면 좋겠다'는 생각이 '회원들과 더 많은 것을 하고 싶다'는 꿈으로 발전하는 겁니다.

이 책을 함께 쓴 다섯 분은 열심 회원을 넘어 이제는 독서모임 분위기를 주도하는 분들입니다. 제가 운영하는 '하나의책' 출판사에서 다양한 독서모임을 꾸리는 분들이 대부분이지요. 독서모임이 글쓰기로 발전, 브런치 작가와 단행본 작가가 된 분들도 있네요. 독서모임으로 삶이 바뀐 분들이라고 해도 과언이 아닙니다.

제가 그리 오래 산 사람은 아니지만, 삶을 돌아보면 서로의 성장을 지켜보고 응원하는 동지가 가장 중요하더군요. 저마다의 자리에서 치열하게 살다가 때때로 만나 취향을 공유하고 대화하다 보면 세상의 근심이 사소해지거든요. 우리가 함께할 미래를 떠올리며 의미 있는 책을 한 권씩 읽다 보면 전에 없던 자신감이 생기기도 하고요. 이 모든 것이 가능한 공간이 독서모임이니, 독서모임은 지금도 우리의 삶을 바꾸는 중입니다.

코로나19는 독서모임에도 타격을 주었습니다. 그런데 위기 속에서 저는 더욱 소중한 '독서모임 동지'들을 만났습니다. 우리는 힘을 모아 다양한 시도를 하면서 코로나의 터널을 통과하는 중입니다. 독서모임을 방해하는 변수 앞에서도 함께 읽기를 포기하지 않기 위해 버티고 있습니다.

긴 인생이니 앞으로도 예측할 수 없는 사건들이 계속 발생하겠지요. 하지만 우리는 또 적응하며 독서모임을 이어 갈 겁니다. 저의 '믿는 구석'인 우리 독서모임 회원들과 저는 이렇게 시간을 보낼 작정입니다. 응원하고 위로하며 함께 읽는 '책 친구'들을 여러분도 꼭 만나시기 바랍니다. 책만큼 중요한 것이 함께 읽는 사람이니까요.

하나의책 대표 원 하 나
(『독서모임 꾸리는 법』 저자)

이 계 진   **나를 이끄는 독서모임**

'우리의 이야기'를 만드는 독서모임

신 재 호

독서모임에서 우리는 정답을 찾는 것이
아니라 함께 이야기를 만들어 가는 것이다.
그렇게 독서모임에서는 우리만의 살아 있는
이야기가 탄생한다.

"당신은 우리 모임에 참여할 수 없습니다"

○ ○ ○

갑자기 숨이 막혔다. 여느 날과 다를 것 없는 하루였다. 허무함이 파도처럼 밀려왔다. 누군가 주사기로 내 몸의 에너지를 모두 뽑아 간 것처럼 힘이 빠졌다. 처음엔 그러려니 했다. '곧 괜찮아질 거야' 하고 생각하며 애써 외면했다. 기대와 달리 증상은 점점 나를 옥죄었다. 길을 가다 숨이 막혀 주저앉을 뻔한 적도 있었다. 마흔이 되어서일까.

지금껏 그저 앞만 보고 달려왔다. 취업, 결혼, 육아까지 나의 30대는 살기 위해 발버둥 친 시절이다. 40대가 되어 이제 조금 숨 쉴 만한데 왜 이러는지, 몹시 화가 났다. 일에 더 집중해 봐도, 미친 듯 운동을 해 봐도, 친구를 만나 술을 실컷 마셔도 나아지지 않았다. 어떡하지. 무슨 큰 병이 생긴 것은 아닌지 두려웠다.

천천히 뒤를 돌아봤다. 내가 무엇을 좋아하는지 생각해 봤다. 그때 하나가 툭 튀어나왔다. 바로 '책'이었다. 눈앞에 보이는 아무 책을 집어 들고 읽었다. 단어, 문장 하나하나가 살아 숨 쉬듯 귓가에 속삭였다. 너무 좋았다.

어느새 책을 사랑하던 초등학교 시절로 돌아갔다. 그때는 어머니께 받은 용돈을 한 달 동안 열심히 모으면 책 한 권을 살 수 있었다. 동네 책방에 들어서면 구수한 책 냄새가 나를 반겼다. 책은 저마다 유혹의 손길을 보냈다. 그중에 나를 사로잡는 책이 있었다. 말로 설명하기 힘든 나만 아는 느낌이 있었다. 어두운 밤이 되면 못다 읽은 책이 궁금해 손전등을 켜고 흐릿한 문장 속으로 빠져들었다. 그래. 나는 책을 정말 사랑했었지.

책을 다시 읽는 순간 나를 괴롭히던 감정이 스르륵 사라졌다. 책이라는 삶의 의미가 샘솟기 시작했다. 회사 근처 도서관에서 회원증도 만들어 열심히 책을 읽었다. 반가운 친구를 다시 만나고 나니 다른 목마름이 찾아왔다.

언젠가 꼭 하고 싶었던 독서모임이다. 인터넷 검색창에 '독서모임'을 쳐 봤다. 동네 근처에서 진행되는 독서모임 몇 개가 눈에 띄었다. 그중 가장 가까운 곳에 간절한 마음을 담아 신청서를 메일로 보냈다. 얼마 뒤에 답신이 왔다. 가슴이 몹시 두근거렸다. 서둘러 메일을 열어 봤다.

신청해 주셔서 대단히 감사합니다. 그러나 저희 모임은 20대 중반에서 30대 중반까지만 참여가 가능합니다. 아쉽게도 재호 님은 참여할 수 없음을 알려 드립니다.

어쩐지, 신청서에 나이와 직업을 써야 했는데 그제야 이유를 알 것 같았다. 실망은 했지만 포기하기는 싫었다. 다른 모임을 찾아보니 전화번호가 있었다. 몇 번을 망설인 끝에 연락했다. 모임 운영자는 30대 정도로 추정되는 남성이었다. 내게 참여 동기 등 몇 가지를 물었다. 마침 그 주 목요일에 모임이 있으니 오라고 했다. 읽을 책만 가져오면 된다고 했다.

나는 통화 말미에 나이 제한이 있는지 소심하게 물었고, 없다는 대답에 안도했다. 휴, 다행이다. 어떤 책을 가져가야 하나 고민하다가 책장에 꽂혀 있던 할레드 호세이니의 『연을 쫓는 아이』라는 소설책을 가져갔다. 그나마 최근에 읽었고 감명 깊게 다가온 책이었다.

드디어 당일, 모임 장소로 가 보니 나 같은 신입 회원 5명을 포함해서 10명이 모였다. 간단한 자기소개를 마치고 각자 책 읽기를 시작했다. 1시간 정도 말없이 책에 집중했다. 오자마자 바로 책을 읽는 것이 당혹스러웠지만 어색한 사람들과 이야기하는 것보다는 나았는지도 모르겠다. 1시간 후 각자 읽은 책을 소개하고 모임이 끝났다. 그렇게 목요일마다 카페에서 모였다. 회비는 없었고 마실 음료만 주문하면 되었다. 한 주는 지정 도서, 그다음 주는 자율 도서를 읽었다. 나는 빠짐없이 매주 참여했다.

모임 자체는 좋았는데 이야기하는 시간이 넉넉하지 않아 친해지기 쉽지 않았다. 2년 넘게 함께했다는 기존 멤버들은 서로 편해 보였지만 신입 회원인 나는 어색함을 지울 수 없었다. 처음에는 7~8명이 꾸준히 나왔으나 시간이 지날수록 점차 하나둘 떨어져 나갔다.

결국 6개월이 지난 시점에 신입 회원은 나만 남았고 기존 회원도 1~2명밖에 없었다. 아무도 오지 않아 혼자 카페에서 책을 읽다 온 적도 있다. 점차 모임에 흥미를 잃어 가기 시작했다. 고민 끝에 탈퇴 의사를 밝혔다. 나의 첫 독서모임은 1년을 채우지 못하고 막을 내렸다.

한 번이 어렵지 두 번은 수월했다. 이번에는 회사 근처의 독서모임을 찾았다. 생각보다 많지 않았다. 낙심하고 있던 차에 우연히 블로그에서 독서모임 후기를 발견했다. 장문의 글이었지만 마치 내가 모임에 참여한 듯 공감이 되었다. 무엇보다 따뜻한 느낌이 전해졌다.

'이거다!' 그 모임을 추적(?)한 끝에 드디어 찾았다. '하나의책' 독서모임이었다. 운명처럼 다가온 독서모임으로 내 삶이 바뀔 줄 그때는 미처 몰랐다. 변화의 서막이 천천히 열리기 시작했다.

짜릿한 신세계 '독서모임의 맛'

○ ○ ○

　모임을 신청한 후 하나의책 사무실에 도착한 날, 그 평범한 '똑똑'이 그렇게 어려웠다. 그게 뭐라고 문 앞에서 한참을 서 있었다. 내가 사는 곳과 다른 세상에 들어가기가 두려웠다. 더구나 한 번 실패한 터였기에 마음은 더 조막만 해졌다.

　한참을 서성이다 눈을 질끈 감고 문을 열었다. 주변을 둘러볼 틈도 없이 운영자인 원하나 대표님의 환한 미소를 보는 순간 한결 마음이 편해졌다. 멀뚱히 서 있다가 재빨리 구석을 찾아 앉았다. 옆자리 회원과 어색한 눈인사를 나누고 책을 꺼냈다. 이제 무엇을 해야 할까.

　모임이 시작되자 원하나 대표님은 돌아가면서 자기소개를 하자고 했다. 심장 소리가 걷잡을 수 없이 커졌고 땀이 이마에 송골송골 맺혔다. 드디어 내 차례. 말은 더듬거리지, 땀은 비 오듯 흐르지, 눈앞은 하얗지 총체적 난관이었다. 머릿속에는 '괜히 왔어' 하는 후회로 가득 찼다. 오기 전의 설렘이 어느새 두려움으로 바뀌었다.

　자기소개를 마친 뒤 독서 소감을 공유했다. 그때 읽은 책은 김희경의 『이상한 정상가족』이었다. 책을 읽기 전에는 스스로 평범한 가족이라는 울타리 안에서 살아왔다고 자부했다. 결혼도 했고 아이들도 별 어려움 없이 연달아 태어났다.

그런데 책을 읽으며 '평범함', '정상'이라는 단어 속에 나를 꼭꼭 숨긴 것은 아닌가 하는 의문이 들었다. 나와 다르면 '비정상'이라는 편견을 쌓았다. 과연 누가 정상과 비정상을 나누고 비난할 수 있을까. 책을 통해 고민이 짙어졌다.

한 분이 먼저 이야기를 시작했다. 워낙 말씀을 잘해서 나도 모르게 고개를 끄덕였다. 분명 같은 책을 읽었는데 미처 생각하지 못한 이야기가 가득했다. 각자 읽은 내용이 삶의 경험과 어우러져 저마다의 이야기로 재탄생하며 대화가 이어졌다.

그날 나는 나와 다르다는 이유로 은근히 거리를 두고 무시했던 편견을 솔직하게 고백했다. 본인도 그랬다는 한 회원의 공감에 힘을 얻었다. 어느새 이야기는 책을 넘어 무한하게 확장되었다. 대화를 나누다가 문득 앞으로의 세상에는 지금보다 훨씬 더 다양한 형태의 가족이 존재하리라는 생각이 스쳤다.

우리 아이들에게 어떤 가치관을 심어 주면 좋을까 고민했다. 아이들은 편견 없는 마음을 가졌으면 하는 바람도 생겼다. 짧은 시간에 이런 생각까지 하다니 신기했다. 분명 같은 단어, 같은 문장을 읽었는데 각자의 언어로 해석한 결과는 놀라울 따름이었다. 혼자 책을 읽을 때는 절대 경험할 수 없는 신세계였다. 짜릿했다.

2시간이 흐르는 동안 어리바리했던 모습은 금세 잊고 대화의 향연 속에 빠져들었다. 아, 얼마 만에 느껴 본 해방감인가. 틀에 박힌

조직 생활을 한 지 10년이 넘었다. 상사의 말에 영혼 없이 대꾸하는 것이 일상이었다. 대화는 늘 일방통행이었다. 대화란 무엇인가. 서로 주고받는 것 아닌가. 가장 기본적인 명제를 이곳에서 다시 깨우쳤다. 정말 재미있었다.

그날 독서모임에서 신기한 경험을 또 하나 했다. 처음 본 회원들과 금방 가까워진 것이다. 그저 이름 하나 알 뿐인데 오래된 사이처럼 친밀감이 느껴졌다. 나이, 성별, 직업 등은 중요하지 않았다. 우리는 책으로 연결되었다. 책으로 소통하며 모든 장벽을 허물었다.

집으로 돌아오는 길에 내 발은 허공에서 1cm는 떠 있었다. 그간 나를 사로잡은 무력감은 먼지처럼 사라졌다. 다시 발길을 돌려 독서모임에 참여하고 싶은 충동을 간신히 참았다. 한 달에 한 번이었다.

앞으로 매달 새로운 책과 새로운 이야기를 만날 것이다. 이 기분을 흠뻑 담아 대표님에게 문자를 보냈다. "대표님 정말 좋은 시간이었습니다. 앞으로 매달 열심히 참여하겠습니다. 감사합니다!" 한껏 상기된 문자처럼 말라비틀어진 삶에 이제 막 단비가 내리기 시작했다.

문장이 주는 여운, 『랩걸』

o o o

나는 비행 청소년을 교육하고 상담하는 일을 한다. 10년이 넘게 하고 있지만 여전히 쉽지 않다. 한 사람을 변화시키는 것은 어찌 보면 신의 영역에 도전하는 일이 아닐까. 어느 순간 한여름의 뙤약볕같이 뜨거웠던 열정은 흔적 없이 사라졌다. 이제는 그저 '일'로 하고 있는지도 모르겠다.

'사람이 어떻게 변하겠어. 그럼 그렇지.' 반복해서 비행을 저지르는 아이들을 보며 마음의 끈을 놓았다. 매너리즘, 슬럼프 등 나와 어울리지 않을 것 같던 단어들이 서서히 나를 잠식해 갔다. 그러던 중 독서모임에서 이 책을 만났다. 바로 호프 자런의 『랩걸』이다.

여성 과학자가 세상의 편견을 딛고 나무, 꽃을 연구하며 자신의 길을 당당하게 걸어가는 이야기다. 과학자가 이렇게 잘 써도 되나 싶을 정도로 매력적인 글에 빠져들었다. 책 속 문장 하나하나가 내 마음에 커다란 소용돌이를 만들었다.

모든 시작은 기다림의 끝이다. 우리는 모두 단 한 번의 기회를 만난다. 우리는 모두 한 사람 한 사람 필연적인 존재들이다. 모든 우거진 나무의 시작은 기다림을 포기하지 않는 씨앗들이

었다.[1]

마치 내가 만나는 아이들에게 하는 말처럼 들렸다. 문장이 주는 여운에 한참을 머물렀다. '그래, 아이들은 단단한 나무가 되기를 기다리며 잠시 방황 중인 거야.' 아직 길을 찾지 못해 어둠 속을 헤매고 있지만 기다려 주는 사람이 단 하나라도 있으면 언젠가 씨앗이 열매를 활짝 피울 것이다. 내가 그 과정을 돕는 역할을 해야 한다. 막중한 무게가 내 어깨에 달려 있다고 생각하니 정신이 번쩍 들었다.

『랩걸』의 문장들은 나를 바람에 파르르 떠는 꽃잎처럼 흔들었다. 노트에 이 소중한 문장들을 정성껏 필사했다. 계속 읊조리며 오롯이 담으려 노력했다. 작가 호프 자런의 삶은 내 삶을 비추는 등불이 되었다.

호프 자런은 여자라서, 순수 과학을 연구하기 때문에, 아이 엄마이기에 쉽지 않았던 길을 꿋꿋하게 나아갔다. 초심이 떠올랐다. 세상이 '비행 청소년'이라고 낙인찍을지라도 그들을 따듯하게 품어 주고 싶었다. 지금은 잠시 방황 중이지만 반드시 밝은 빛을 향해 나오리라는 믿음이 있었다.

『랩걸』 독서모임에서 살짝 격양되었다. 흔들린 내 마음을 솔직

---

1 호프 자런, 『랩걸』, 알마, 52쪽

하게 고백했다. 그리고 나를 붙잡은 문장을 낭독했다. 그 순간은 마치 상담 현장과도 같았다. 하나둘 고백이 이어졌다. 때론 현실과 타협하며 불의에 눈감았던 일, 편견에 주저앉아 일어서지 못했던 일 등이다. 그 마음을 나누고 서로를 보듬었다. 그저 책 한 권 나누었을 뿐인데 큰 위로를 받았다. 마지막에 한 회원이 읽어 준 문장에서 어떻게 아이들을 대해야 할지 답을 찾았다.

> 어쩌면 세상을 식물들의 관점에서 보는 방법을 배울 수 있을지 모른다. 식물의 입장이 되어 보면 식물들이 어떻게 행동하는지를 이해할 수 있을지도 모른다.[2]

식물을 연구하는 과학자의 입장에서 식물을 바라보는 것이 아니라 식물의 입장이 되어 생각해 본다니, 얼마나 멋진가. 그간 나의 잣대로만 아이들과 맞추려 노력했다. 그러니 도통 아이들의 행동을 이해할 수 없었다.

만약 아이들 입장에서 생각한다면 어떨까. 거친 행동 이면에 담긴 불안, 두려움이 보였다. 안쓰러웠다. 아이들 마음을 조금은 알 수 있을 것 같았다. 다시 시작할 용기도 생겼다. 더디지만 이렇게 다시 한 발 내디디면 언젠가 그 끝에 다다를 수 있으리라.

---

2 호프 자런, 『랩걸』, 알마, 113쪽

여전히 아이들은 잘못을 반복한다. 다만 아이들을 바라보는 내가 변했다. 힘들고 지칠 때면 서랍 한편에 넣어 둔 필사 노트를 꺼낸다. 소리 내어 그 문장을 공기 중에 흩트리면 무거운 감정도 함께 날아간다. 여운을 주는 문장은 오래도록 마음에 남아 나를 지킬 것이다.

친절하지 않은 책을 독서모임에서 만난다면

o o o

때론 독서모임에서 나와 다른 결의 책을 만날 때가 있다. 그럴 땐 내가 이기나 책이 이기나 하는 긴 싸움이 시작된다. 그러다 지치면 속으로 '이번 모임은 그냥 빠질까?' 생각한다. 유독 힘들었던 책은 마르그리트 뒤라스의 『모데라토 칸타빌레』였다.

132페이지의 짧은 소설이기에 가볍게 봤다. 하지만 웬걸, 무슨 내용인지 도대체 이해하기 어려웠다. 작가는 우리에게 무엇을 말을 하고 싶은 것일까? 그저 머릿속에 떠오르는 생각을 가감 없이 나열한 것 같았다. 독서모임에 참여한 후에야 그것이 작가만의 독특한 기법이라는 사실을 알게 되었다.

공장주의 아내 안 데바레드는 결혼 10년간 겉으로 보면 완벽한 생활을 하고 있다. 가슴속 욕망을 억누른 채. 어느 날 아이의 피아노 교습소가 있는 허름한 공장에서 살인 사건을 목격한다. 이를 계기로 그간 억눌렀던 욕망이 한없이 꿈틀댄다. 그러다 우연히 술집에서 쇼뱅이란 남자를 만나 살인 사건에 대한 그들만의 이야기를 풀어 간다.

그들의 대화는 이상하다. 살인 사건의 남녀 이야기를 묻는 남자의 질문에 여자는 피아노 교습소를 다니는 아이 이야기로 답한다.

A를 말하면 B로 답하는 맥락 없는 대화에 나는 조금씩 지쳐 갔다. 이야기는 점점 심연으로 빠져들었다.

책을 읽었다 덮기를 반복했다. 독서모임 날은 점점 다가오고 책을 완독해야 한다는 부담감이 밀물처럼 몰려왔다. 밀린 숙제를 마무리하듯 임박해서 겨우 다 읽었다. 소심한 마음으로 모임에 참여했다. 무슨 이야기를 해야 하나?

문을 열고 들어가니 회원들 표정이 심상치 않았다. 마치 내 얼굴을 보는 것처럼 어두웠다. 독서모임이 시작되고 한 회원이 "도통 이해되지 않았어요."라고 말을 꺼냈다. 이 말을 기다렸다는 듯 "맞아요.", "너무 어려워요.", "힘들었어요."라는 말이 쏟아졌다. 아, 나만 그런 것이 아니었구나.

원하나 대표님의 얼굴에 당황하는 기색이 살짝 비쳤다. 대표님도 어려웠다는 고백에 안도했다. 우리는 일단 앞으로 나아갔다. 장애물을 만나면 넘고, 길이 막히면 다른 길로 돌아갔다. 그러다 도저히 이해되지 않는 지점에 도달했다. 어떡하지. 모두가 혼란에 빠질 때쯤 한 회원이 툭 던지는 말에 힘을 얻었다. "우리가 수학 문제처럼 답을 얻으려는 것도 아니잖아요. 이건 그냥 그대로 남겨 두죠."

'그래, 맞아. 우리가 작가 머릿속에 들어가 있는 것도 아닌데 모를 수도 있지.' 마음이 한결 편해졌다. 때론 서로 다른 생각이 부딪쳤다. 주인공 안 데바레드의 욕망을 이해한다는 의견과 이해할 수 없다는 의견이 맞섰다. 작가의 설명이 불친절했기 때문에 그럴 수밖에 없었다고 생각한다. 우리는 그 틈을 메우려 열심히 노력했다. 모임은 막바지에 이르렀고 가까스로 결승점에 도달했다.

그 과정이 퍼즐 조각 맞추기와 비슷하다는 생각이 들었다. 나에게 어려운 문장은 다른 사람의 이해로 채우고, 내가 조금이라도 알게 된 점을 공유하면 조금씩 퍼즐 조각이 맞춰진다. 이것이 독서모임의 힘이다. 혼자였으면 아마 중간에 포기했을 것이다. 함께 읽고 나누었기에 가능한 일이었다.

물론 주인공 안 데바레드가 무슨 연유로 위험을 무릅쓰고 쇼뱅을 만나러 갔는지 작가의 의도를 완전히 이해하지 못했을 수도 있다. 하지만 참여한 회원들의 생각이 모여 조금씩 이야기가 완성되었다. 우리만의 이야기였다. 그 과정을 거치면서 두려움이 사라지고 다짐하게 되었다. '그래. 있는 힘껏 이해하려고 노력하자. 그러다 안 되면 포기하지 말고 함께 퍼즐 조각을 맞추면 되지.'

독서가 '나만의 이야기'를 만들어 가는 과정이라면 독서모임은 '우리의 이야기'를 만드는 일이었다. 무척 매력적으로 느껴졌다. 문득 나의 삶에 비추어 봤다. 가끔 해결되지 않는 문제로 혼자 씨름할 때가 있다. 나의 잣대로만 문제를 바라보니 계속 같은 자리를 뱅뱅 맴돌았다. 그럴 땐 혼자 고민하지 말고 주변 사람과 함께 해결하면 어떨까 싶었다. 나와 다른 시각이 모이고 모여 내가 이해한 점과 합쳐지면 그럴싸한 답을 얻을 수 있을 것이다.

독서모임에서 내가 좋아하는 책만 읽고 이야기를 나눌 순 없다. 오히려 반대인 경우가 더 많을지도 모르겠다. 서점에서 만났다면 그냥 지나쳤을 책도 모임에선 종종 만난다. 몇 번의 경험을 통해 알게 된 점은 피하지 말고 일단 부딪쳐 보자는 것이다. 우리는 정답을 찾는 것이 아니라 함께 이야기를 만들어 가는 것이다. 그렇게 독서모임에서는 우리만의 살아 있는 이야기가 탄생한다.

꿈꾸는 글쓰기

o o o

나는 매일 글을 쓴다. 2019년 1월 1일부터 시작된 날마다 글쓰기는 어느덧 2년이 훌쩍 넘었다. 그저 그랬던 일상이 나의 손을 빌려 앨범 속 소중한 기억으로 차곡차곡 쌓여 간다. 글은 묘약 같다. 가끔 이해되지 않는 감정이 다가와 오래도록 머물 때가 있다. 그 순간을 글에 담아내면 마음은 비 온 뒤 맑게 갠 하늘처럼 정리된다. 그래서 매일 글을 쓸 수밖에 없다. 무엇이 나를 쓰는 삶으로 이끌었을까? 첫걸음은 독서모임에서 만난 글쓰기 수업이었다.

한창 독서모임의 매력에 빠져 있을 때였다. 하나의책 블로그에 4주간 진행하는 글쓰기 수업 공지가 떴다. 뭔가 마음이 꿈틀댔다. 글쓰기는 오래전부터 선망의 대상이었다. 학창 시절에 가장 좋아하는 수업도 국어였다. 대학 때는 자작시를 쓰기도 했고, 군대에서는 단편 소설도 썼다. 물론 누구에게 보여 준 적은 없다. 쓰고 싶은 욕구는 전부터 있었다. 다만 실천으로 옮기지 못했을 뿐이다. 어쩌면 이번이 마지막 기회일지 모른다는 생각이 들었다. 눈을 질끈 감고 신청서를 작성했다.

수업에 참여한 사람은 각양각색이었다. 대학생부터 나와 같은 중년 아저씨까지 연령도 성별도 모두 달랐다. 수업은 오래도록 방송 작가를 해 온 박경애 작가님이 진행했다. 온화한 인상과 배려 가득한 모습에 안도감을 느꼈다. 정식으로 글을 써 본 사람은 한 명도 없었다. 본격적인 글쓰기 훈련이 시작되었다. 제시된 몇 가지 단어로 짧은 글을 완성하기도 하고, 각자 좋아하는 책을 가져와 필사 연습도 했다.

작가님은 아침에 일어나자마자 종이에 아무 글이나 쓰라는 숙제를 주었다. 의식의 흐름에 따라 글을 쓰는 방식인데 처음에는 한 글자도 쓸 수 없었다. 하지만 무엇이라도 쓰려고 시도하고 또 시도하니 나중에는 A4 한 장도 거뜬하게 쓸 수 있었다. 또 하나의 팁은 '좋은 문장 수집하기'였다. 책을 읽다가 담고 싶은 문장을 노트에 필사하는 방법이었다. 조그만 노트를 샀다. 신기하게 노트 안에 문장을 적으면 영원히 내 안에 남을 것 같은 생각이 들었다.

처음에는 글 쓰는 일이 쉽지 않았다. 구성을 어떻게 해야 할지, 어떤 이야기를 써야 할지 막막했다. 남의 시선이 신경 쓰여 자꾸 글 속에 숨었다. 겉치레에 신경 쓰느라 화려한 미사여구만 골라 썼다. '그래, 이 정도면 되겠지' 하며 글을 내밀었다. 글을 본 작가님의 첫마디는 '재호 님이 쓴 글이지만 글 속에서 재호 님이 안 보인다'였다. 정신이 번쩍 들었다.

박경애 작가님은 글쓰기란 나를 드러내는 작업이고, 무엇보다 솔직한 글만이 마음을 움직일 수 있다고 말했다. 겉모습만 번지르르한 글을 빗자루로 싹싹 치워 버렸다. 결국 있는 그대로의 나를 드러냈고, 그제야 글은 사람들 마음속에 들어갈 수 있었다. 표현이 서툴러도 오롯이 나를 드러낸 솔직한 글이 주는 힘을 깨달았다.

3주 차부터는 실전이었다. 각자 에세이 한 편을 써야 했다. 나는 발표 불안을 극복한 대학교 2학년 여름 계절 학기 이야기를 썼다. 노트북 앞에 앉아 흐릿한 기억 속 글감을 찾아 한참 헤맸다. 분명 나에게는 잊지 못할 강렬한 추억이건만 시간의 흐름 속에 멈춰 버렸다. 글은 써야 했기에 내 딴엔 재미 요소를 추가하여 뭉뚱그려 제출했다. 서로 피드백을 받는 시간, 내가 부족하다고 느낀 점은 다른 사람도 마찬가지였다. 차라리 하나의 결정적 장면을 찾아 묘사해 보라는 작가님의 피드백을 받았다.

마지막 시간에는 써 온 글을 탈고해서 발표해야 했다. 작가님의 조언에 따라 다시 그 시간으로 들어가 찬찬히 기억을 떠올렸다. 상황에 몰입하니 조금씩 글이 구체화됐다. 한 글자, 한 문장 기억의 흐름에 따라 자연스럽게 앞으로 나갔다.

4주 차 발표 시간, 한 글벗의 글을 보며 놀랐다. 꼭꼭 숨어 있던 그의 모습이 글에서 선명하게 드러났다. 갈팡질팡하던 글이었는데 이제는 메시지도 명확했다. 이렇게까지 자신을 보여 주어도 괜찮을까 싶을 정도로 솔직한 글에 눈시울이 뜨거웠다. 그날은 나도 글이 또렷해졌다는 평가를 받았다. 우리 모두 4주 만에 한 뼘 이상 성장했다. 끝나는 순간이 너무 아쉬웠다. 내가 이렇게까지 글쓰기 욕구가 강했나 싶을 정도로 빠져들었다.

하나의책 독서모임을 마친 어느 날, 원하나 대표님에게 그 마음을 표현했다. 내 말에 대표님은 글쓰기와 관련된 재미있는 프로그램을 기획해 보겠다고 했다. 얼마간의 시간이 흘렀고, 나는 가족들과 싱가포르로 여행을 떠났다. 리버 크루즈를 타고 저녁 빛이 내려앉은 아름다운 풍경에 흠뻑 취했다. 그때였다. 대표님에게서 연락이 왔다. 합평 모임을 하면 어떻겠느냐는 제안에 무조건 하겠다고 했다. 귀국 후 바로 모임에 참여했다.

하나의책에 만들어진 합평 모임 멤버들과는 매주 에세이를 한 편씩 쓰고 의견을 나눴다. 대표님은 새로운 시각을 열어 줬다. '독자에게 매력적인 글'에 관한 출판사 입장을 들을 수 있었다. 그간 그저 글을 완성하는 데에만 급급했는데 독자 입장의 객관적인 평가를 받으니 신선했다. 어떤 글이든 읽히기 위해 쓰는 것이 아니던가. 글에 대한 새로운 시각을 갖게 된 것이 합평 모임의 가장 큰 수확이었다.

합평 모임에서 '브런치'라는 공간도 알게 되었다. 제안서를 제출하고 심사를 거친 후 통과되어야만 브런치에 글을 게시할 수 있었다. 브런치에 도전했는데 그 과정이 쉽지 않았다는 멤버의 말도 들었다. 당장 도전하고 싶은 마음은 굴뚝같았으나 자신이 없어 지레 겁먹었다.

이후 한 블로그에서 매일 글쓰기 모임 공지를 보고 신청했다. 날마다 글을 한 편 써서 카톡방에 공유하고 멤버들과 피드백을 주고

받는 모임이었다. 소소한 일상의 기록이었지만 반년 정도 지나자 쌓인 글이 꽤 되었다. 마침 아내와 아이들과 독서모임도 시작했다. 그러자 브런치에 도전하고 싶은 마음이 다시 생겼다.

브런치 제안서에 아빠, 아들, 남편이라는 세 가지 이름으로 살아온 이야기를 자세히 기록했다. 대표 글 세 가지는 결혼 이야기, 부모 이야기, 가족 독서모임 이야기에서 각각 자신 있는 것으로 골랐다. 그렇게 완성한 제안서와 글을 제출했다. 기다리는 일만 남았다. 의식적으로 생각하지 않으려 노력했다.

3일쯤 지났을까. 브런치 팀에서 메일이 왔다. 두근거리는 마음을 진정시키며 메일함을 열었다. 합격이었다. 한 번에 통과하다니 믿을 수 없었다. 그간 꾸준히 쓴 노력에 대한 선물 같았다. 이렇게 나는 브런치에서 '작가'라는 호칭으로 글을 쓰게 되었다. 가족 독서모임에 관한 첫 글을 발행하는 날, 많은 분이 축하해 주었다.

이후에도 박경애 작가님의 글쓰기 수업을 함께 들은 글벗들과 꾸준히 교류하면서 계속 글을 썼다. 그들과 6주간 합평 모임을 하면서 '먹다, 보다, 듣다, 살다'라는 주제로 글을 쓰기도 했다. 우리는 글을 나눠 읽으며 오랜 친구 같은 끈끈함을 느낀다. 글은 짧은 기간에도 서로의 많은 부분을 알게 만든다. 꾸준히 써 온 노력이 쌓여 저마다 글쓰기 실력도 성장했다.

작가님은 성장의 결실로 문집을 만들자고 제안했다. 생각지도 못한 말에 다들 당황했지만 해 보기로 결정했다. 그동안 쓴 글에서

2편을 골라 성심껏 퇴고했다. 문집의 표지와 제목도 정했다. 조금씩 책의 모습이 갖춰졌고 마침내 『일상愛쓰다』라는 책이 세상 밖으로 나왔다.

내 손에 책이 온 순간 받은 감동은 평생 잊을 수 없을 것이다. 꿈이 현실로 이루어졌다. 처음 글쓰기 수업을 받은 후 책이 나오기까지 2년이라는 시간이 흘렀다. 그간의 추억이 주마등처럼 스쳐 갔다. 불가능할 것 같았던 일이 하나둘 현실로 이뤄지고 있다. 글은 이제 내 삶에서 빠질 수 없는 소중한 존재가 되었다.

지금도 블로그에 날마다 글을 쓴다. 솔직히 매일 글쓰기는 쉽지 않다. 글감이 떠오르지 않을 때면 하루 정도는 쉴까 하는 꾀도 나지만 포기하지 않았다. 그렇게 꾸준히 하다 보니 점점 쓰는 일이 수월해졌다. 표현도 다양해지고 문장도 좋아졌다는 주변 피드백에 힘이 난다. 무엇보다 글 쓰는 순간이 즐겁다. 자판을 두드리는 순간 입가엔 봄 향기가 가득하다.

얼마 전 아들이 어떻게 매일 글을 쓰느냐고 물었다. 글쎄, 무엇이 계속 글을 쓰게 하는 걸까. 무엇보다 글을 통해 받는 지지와 위로가 가장 크다. 작년부터 매일 함께 글을 쓰며 공감하는 이웃들이 생겼다. 블로그에 글을 올리면 가장 먼저 읽어 주고 공감과 댓글을 남겨 준다. 한 번도 본 적 없는 '랜선 이웃'이지만 글에 담긴 진심을 오래도록 나누다 보니 누구보다 친밀한 관계가 되었다. 좋은 이야기에는 기뻐하고, 힘들고 지친 이야기에는 진심 어린 위로를 보낸다.

먼 타국에 거주하는 이웃이 남긴 댓글에도 마음이 일렁였다. 그분은 오래전부터 내 글을 읽어 왔고 큰 위로를 받았다고 했다. 내가 오래도록 글을 썼으면 좋겠다는 말에 몸 둘 바를 몰랐다. 그저 주변 일상을 묵묵히 썼을 뿐인데 누군가에게는 힘이 된다는 사실을 알게 되었다. 글이 가진 치유의 힘이었다.

가족 독서모임의 문을 열다

○ ○ ○

"우리 가족 독서모임 해 볼까?"

주말 저녁 식구들이 모두 모인 자리에서 말을 꺼냈다. 책장 정리 중이던 아내는 잠시 손을 멈추었다. 옆에 있던 아들은 눈만 껌벅거렸고 딸은 어리둥절하여 아무 말이 없었다.

"그래. 그러지 뭐."

아내의 시원한 답에 내 귀를 의심했다. 순간 당황했다. 몇 번이고 머릿속에서만 상상했던 장면이 가족 독서모임이었다. 그런데 막상 현실로 다가오니 뭐라 표현할 단어도 떠오르지 않았다. 진작 말할 걸 그랬나.

하나의책 독서모임에서 서로 의견을 나누는 것이 좋았다. 그러다 문득 '우리 가족끼리 독서모임을 하면 어떨까' 하고 생각했다. 나는 회사 일로 바빴고 아내는 아이들 챙기느라 정신이 없었다. 아이들은 학업에 치여 지냈다. 서로 마주하여 대화할 시간이 부족했다. 독서모임이 돌파구가 될 것 같았다.

마침 아내도 아들의 학교 학부형들과 독서모임을 시작했다. 덕분에 아내 역시 책의 매력에 푹 빠져 있었다. 독서모임에서 같은 책을 읽고 다양한 생각을 말하는 것이 신기하다고 했다. 누구보다 그 즐거움을 잘 알기에 아내의 말에 적극 공감했다. 독서의 즐거움을 알게 된 우리 부부는 아이들도 책을 더 가까이하면 좋겠다는 이야기를 자주 나누었다.

가장 큰 걸림돌은 텔레비전이었다. 아이들은 할 일을 마치면 텔레비전을 보여 달라고 졸랐다. 그런데 한번 보기 시작하면 끝낼 줄 몰랐다. 텔레비전을 사이에 두고 부모와 아이들의 전쟁이 벌어졌다. 이래선 안 되겠다 싶었다. 아내와 상의 끝에 텔레비전을 없애기로 했다. 나도 아내도 텔레비전을 무척 사랑했다. 하지만 아이들을 위해 결단을 내렸다. 아이들에게 그 사실을 알리는 날, 생각보다 저항이 컸다. 막내인 딸아이는 엉엉 울며 계속 떼를 썼다. 그날 하루 종일 아이들을 달래느라 진땀을 뺐다.

텔레비전이 없는 집이 처음에는 허전했다. 좋아하는 드라마를 보지 못하니 슬프기까지 했다. 아이들도 텔레비전을 보던 시간에 무엇을 할지 당황한 눈치였다. 하지만 아내와 내가 책을 읽으니 아이들도 따라 읽기 시작했다. 주말이면 소파에 다 같이 앉아 별생각 없이 텔레비전을 봤던 우리 가족은 독서로 시간을 채워 갔다. 그 모습을 보고 가족 독서모임을 시작해야겠다는 확신이 내 안에 차올랐던 것이다.

독서모임을 시작하기로 했지만 어떻게 운영할지 막막했다. 초등학교 고학년인 아들과 초등학교에 갓 입학한 딸이 어울리는 독서모임은 어떻게 해야 하나. 그때 문득 블로그 이웃의 글이 떠올랐다. 그분은 자녀와 그림책을 읽고 있었다. 그림책은 아이만 읽는 책이라는 선입견이 있었다. 그런데 그분의 블로그를 보며 그림책의 세계가 무척 다양하다는 사실을 알게 되었다. 같이 읽을 책의 범위를 그림책으로까지 넓히자 방향이 잡혔다. 우선 가족 독서모임 규칙을 정했다. 참여하고 있는 하나의책 독서모임을 참고했다.

독서모임 규칙

1. 공통 도서(그림책)와 자율 도서를 격월로 읽기
2. 모임 전에는 책 한 권을 완독하기
3. 책 줄거리를 가족들에게 소개하기
   (그림책 모임을 할 때는 돌아가면서 큰 소리로 읽기)
4. 책과 관련된 질문하기
5. 소감 나누기

처음에는 공통 도서만 읽으려고 했는데 아들이 반대했다. 아들은 본인이 좋아하는 책으로 하기를 희망했다. 그래서 공통 도서와 자율 도서를 번갈아 가면서 읽기로 했다. 규칙 제안은 내가 했지만 결정은 아이들과 함께했다. 이런 과정부터 소통의 시작이었다.

2019년 3월 31일, 드디어 첫 모임이었다. 이날은 우리 부부의 결혼 12주년 기념일이라서 더욱 의미가 있었다. 그래서 인천 송도에 있는 북 카페 '꼼마'에서 모임을 진행하기로 했다. 카페는 생각보다 컸다. 천장에 닿을 듯한 책장과 어른 키 높이의 책 조형물이 곳곳에 있었다. 사람들로 바글댔다. 우리는 이야기를 나눌 수 있는 구석에 앉았다. 모임을 시작하기 전부터 마음이 두근거렸다. 아내와 아이들은 고맙게도 책을 모두 읽어 왔다.

나는 독서모임에서 만난 다니엘 페나크의 『소설처럼』을 소개했다. 책 안에는 독서모임이 나가야 할 방향이 담겨 있다. 그래서 독서모임 첫 책으로 고심해서 정했다. 어린 시절 책을 무척 좋아했던 작가의 모습이 나와 닮았다고 생각했다. 책 속 작가처럼 어릴 때 어둠이 내려앉은 밤, 컴컴한 이불 속에서 몰래 손전등을 켜고 책을 읽었던 경험이 있다. 내 이야기를 들은 딸은 신기한 듯 정말 그랬느냐고 계속 물었다. 내가 책을 읽었던 경험, 책을 읽는 방법 등 아이들에게 하고 싶던 말을 건넨 시간이었다.

아내는 심리 도서를 소개했다. 크리스텔 프티콜랭의 『나는 왜 네가 힘들까』였다. 사람들이 살아가면서 맡게 되는 세 가지 역할의 이야기가 담긴 책이었다. 아내는 책에 나온 역할들을 소개하면서 자신이 아이들에게 '훈육자'로서 엄하게 질책했던 점이 미안하다고 말했다. 엄마로서의 고충과 아이들에게 미안한 마음을 동시에 전했다. 아이들의 눈빛을 보니 엄마의 마음을 조금은 이해한 듯 보였다.

아들은 대니얼 디포의 『로빈슨 크루소』를 소개했다. 배가 난파되어 홀로 무인도에 살아남은 주인공의 이야기를 실감 나게 설명했다. 영화 '캐스트 어웨이'가 떠오른다는 아내의 말에 아이들은 줄거리를 들려 달라고 졸랐다. 간단히 줄거리를 설명하고 나중에 함께 영화를 보기로 했다. 아들은 무인도에 남으면 어떻게 될지 각자 생각해 보자고 했다. 무서워서 엉엉 울 것 같다는 딸의 말에 다들 웃음이 터졌다.

딸은 앤서니 브라운의 그림책 『행복한 미술관』을 큰 소리로 읽어 주었다. 처음에는 부끄러워하며 계속 주저했다. 우리는 끝까지 기다려 주었고, 아이는 드디어 용기 내서 책을 읽기 시작했다. 한글이 아직 서툴러 시간이 오래 걸렸지만 끝까지 읽었다. 마지막 문장을 읽고 사과처럼 붉어진 얼굴을 본 순간 얼마나 대견했는지 모른다. 우리 모두 응원의 박수를 보냈다. 딸은 책에서 인상적인 장면이 무엇이었는지 찾아보라고 했다. 아들은 주인공이 아버지를 닮은 그림을 발견하고 온 가족이 웃음을 터트린 장면을 보여 주었다. 은근 내 모습과 닮은 것 같다고 골렸다. 딸도 옆에서 신나게 거들었다.

첫 모임을 무사히 마쳤다. 중간중간 아이들의 집중력이 떨어져서 자리를 벗어나기도 하고, 질문에 단답형으로 대답해서 당황한 순간도 있었다. 뭐, 아무렴 어떠랴. 책을 통해 생각을 나누는 것만으로도 가슴이 벅찼다.

순조롭게 시작된 우리의 독서모임은 네 번째 모임에서 위기가 찾아왔다. 모임 전에 가족들에게 문자로 읽을 책을 미리 알려 주었다. 그런데 아내가 책을 읽어 오지 못했다. 아내는 내내 바쁜 일이 있어서 책 읽을 시간이 없었다고 했다. 나는 아내에게 독서모임 규칙이니 책은 반드시 읽어야 한다고 강조했다. 그때 아내와의 갈등이 수면 위로 올라왔다. 책은 어떻게든 읽어야 한다는 내 의견과 상황에 따라 다를 수도 있다는 아내의 의견이 팽팽히 대립했다.

그날 모임 시작 전, 아이들과 이 부분에 대해 이야기를 나눴다. 나와 딸은 책을 읽어 와야 한다는 의견이었고, 아내와 아들은 부득이한 경우 책을 읽지 못할 수도 있다는 의견이었다. 일단은 가능한 한 책을 읽어 오기로 합의했다.

그때 둘째가 깜찍한 의견을 냈다. 책을 안 읽어 오는 사람에게 '엉덩이로 이름 쓰기 벌칙'을 주자고 제안했다. 맙소사. 아들의 지지로 그 의견이 규칙으로 채택되었다. 아내는 첫 번째 벌칙의 주인공이 되었다. 이렇듯 가족 독서모임은 함께 상의하며 문제를 해결해 나가는 과정에도 의미가 있다.

특정 주제가 독서모임 분위기를 차갑게 만든 적도 있다. 이란에서 억압받는 여성의 삶을 다룬 『나의 몫』이라는 책을 소개했을 때였다. 내 이야기를 듣는 내내 아내의 표정이 좋지 않았다. 그러더니 내 말이 끝나자마자 분노를 쏟아 냈다. 단순히 이란의 이야기만

이 아니라 우리 사회에도 만연한 문제라고 열변을 토했다. 순간 모임 분위기가 얼음처럼 차가워졌다. 아이들도 아내의 눈치를 보기 바빴다. 서둘러 이야기를 마치고 아들에게 차례를 넘겼다.

다소 민감할 수 있는 주제는 다양한 관점에서 생각해 봐야 한다는 교훈을 얻었다. 독서모임의 여파는 그날 내내 계속되었다. 저녁 때 아내와 집에서 맥주 한잔을 했다. 아내는 책을 읽다가 신혼 초에 겪은 시댁과의 갈등이 떠올랐다고 했다. 단지 며느리라는 이유로 받았던 설움에 이입되어 화가 났다고 고백했다. 이제는 시간이 많이 흘러 잊은 줄 알았는데 아직도 마음속에 남아 있다니 놀랐다. 그 심정을 어루만지려 노력했고 긴 대화 끝에 다행히 풀었다. 독서모임 덕분에 우리 부부는 허심탄회하게 대화할 기회를 얻었다.

독서모임에서 뜻하지 않은 고백을 할 때도 있다. 열한 번째 독서모임에서 그림책 『이웃이 생겼어요!』를 읽었다. 이웃인 꼬꼬와 올빼미의 소통을 그린 따뜻한 책이다. 우리는 자연스럽게 이사나 전학을 하면서 새로운 친구를 만난 경험을 나누었다. 그때 나는 부끄러운 과거를 고백했다.

중학교 1학년 때 부산에서 전학 온 아이가 있었다. 말투도 다르고 고집도 셌던 아이로 기억한다. 나와 친구들은 그 아이를 '부산맨'이라 부르며 놀렸다. 함께 어울리고 싶어 하던 아이를 우리는 점점 배척했다. 어느 날 아이의 어머니가 학교에 찾아왔고 나와 친구들은 선생님께 불려 가 혼이 났다. 얼마 뒤 그 아이는 전학을 갔다.

학창 시절에서 가장 후회되는 일이며, 아이들은 나와 같은 잘못을 하지 않았으면 좋겠다고 말했다. 아이들뿐 아니라 아내도 놀라는 눈치였다. 독서모임을 하지 않았다면 묻혀 버릴 기억이었는데 이렇게 고백할 기회가 생겼다.

얼마 전 스물세 번째 가족 독서모임을 마쳤다. 일요일 오후, 딸은 독서모임을 시작하자며 우리를 불러 모았다. 그러면서 책을 큰 소리로 읽기 시작했다. 첫 독서모임이 떠올랐다. 부끄러워 말도 잘하지 못하고 책도 더듬더듬 읽던 아이가 일 년의 시간 동안 책과 함께 이렇게 성장했다니.

딸은 이제 가족 독서모임의 든든한 지지자이다. 조만간 모임의 장을 딸에게 넘겨야 할지도 모르겠다. 가족 독서모임은 무엇과도 바꿀 수 없는 삶의 일부로 자리 잡았다. 이 시간을 함께 만들어 가는 아내, 아들, 딸에게 고맙고 또 고맙다.

내 인생 최고의 책 독서모임

○ ○ ○

막 중학생이 된 무렵이었다. 독서광이던 나는 그날도 동네 서점에서 책을 고르고 있었다. 책을 고르는 나만의 방식이 있었다. 먼저 진열대에 놓인 책을 전체적으로 훑는다. 그러다 겉표지나 제목이 인상적인 책을 발견하면 우선 꺼낸다. 목차는 그냥 넘기고 첫 장을 펼친다. 이 부분이 중요하다. 처음 두 문장을 읽고 나면 책을 살지 말지가 결정되었다.

그 책은 솔직히 볼품없었다. 넉넉지 않은 출판사가 분명했다. 디자인이 촌스러웠다. 평소라면 쳐다보지도 않았을 텐데 웬일인지 책에 손이 갔다. 첫 장을 넘기는 순간 숨이 막혔다. 그대로 선 채 계속 책을 읽었다. 얼마나 시간이 흘렀을까. 저쪽에서 헛기침 소리가 들렸다. 문 닫을 시간을 알리는 주인아저씨의 신호였다. 계산대로 달려가 쌈짓돈을 꺼내 계산했다. 집에 가는 길 내내 나머지 이야기가 궁금했다.

책을 읽기에는 너무 늦은 시간이었다. 어머니의 눈을 피해 두꺼운 솜이불을 뒤집어쓰고 손전등을 켰다. 이야기는 이미 중반을 넘어갔음에도 흥미진진했다. 서사의 마지막은 내 가슴에 모험을 심었다. 자정이 넘은 시간, 책 속 이야기가 둥둥 떠다녀 쉬 잠을 이룰 수 없었다. 다음 날 학교에 가자마자 절친 '메기'한테 책 이야기를 들려주었다. 과장된 몸짓으로 책 속 이야기를 세상 밖으로 끄집어냈다. 메기는 점점 소설 속으로 빠져들었다. 이야기가 끝나자마자 붉게 변한 뺨을 들이밀며 말했다. "그 책 나 좀 빌려주라."

다음 날 책을 메기에게 빌려주었다. 그때는 몰랐다. 기나긴 작별의 서막일 줄이야. 책을 돌려 달라고 몇 번 말했던 것 같은데 시간의 흐름 속에 묻혀 버렸다. 메기는 끝내 책을 돌려주지 않았고, 나도 그 존재를 까맣게 잊었다.

2019년 연말, 하나의책 블로그에 '내 인생 최고의 책' 독서모임 공지가 떴다. 회원들이 각자의 인생 책을 소개하고 1년간 함께 읽는 모임이다. 얼른 신청한 후 내 인생 책을 떠올려 봤다. 최근에 감명 깊게 읽은 몇 권의 책이 떠올랐다. 『숨결이 바람이 될 때』와 『랩 걸』이었다. 물론 좋은 책이었지만 인생 책까지는 아니었다.

그 순간, 기억 한구석에 묻혀 있던 그 책의 존재가 떠올랐다. 그때부터 머릿속이 복잡해졌다. 제목이 계속 입안에서 맴돌았다. 기억나는 장면을 떠올려 검색해 봤다. 비슷한 내용이 없었다. 심지어 '지식인'에도 질문을 올렸지만 알 수 없었다. 혹시나 하는 마음에 블로그에 내용을 적었다. 책을 사랑하는 이웃이 많은 공간이니 그 책의 존재를 아는 사람이 있을 것 같았다. 하지만 아쉽게도 기적은 일어나지 않았다. 결국 포기해야 하나 싶었다.

좌절의 구덩이에서 허우적거릴 때 한 줄기 빛이 내려왔다. 고등학교 때 우연히 텔레비전에서 책과 비슷한 내용의 외화를 본 적이 있다. 여자 배우는 똑똑히 기억났다. 바브라 스트라이샌드였다. 남자 배우가 가물거렸다. '아. 뭐였더라. 닉 뭐였는데. 닉 버튼, 닉 노……. 맞다. 닉 놀테였다!' 곧바로 인터넷에 두 배우 주연의 영화를 검색했다. 「사랑과 추억」이었다.

원작 소설을 검색하니 제목이 바로 나왔다. 팻 콘로이의 『시대의 왕자』(공간문학사)였다. 맙소사! 나도 모르게 입에서 큰 소리가 나왔다. 책을 바로 사려고 했는데 안타깝게도 절판이었다. 간신히 중고 사이트에서 구매할 수 있었다. 책이 도착한 날, 나는 30년 전 중학생으로 돌아가 책장을 펼쳤다. 나를 사로잡았던 첫 문장이 그대로 있었다.

"나의 상처는 사라져 버린 그 땅끝 깊숙이 닻을 내리고 있다."

미국 동부의 한 가정에 닥친 시련, 그로 인한 상처는 너무 깊어 시간이 흘러도 주인공 톰의 마음에 켜켜이 쌓였다. 톰은 여동생 사반나의 정신병원 입원 소식을 듣고 뉴욕으로 향한다. 그곳에서 정신과 의사 로웬스타인을 만나 조금씩 상처를 극복해 간다.

과거와 현재가 교차하고 숨겨 둔 비밀이 조금씩 밝혀지며 읽는 내내 긴장을 늦출 수 없었다. 특히 형제 중 첫째인 루크와 호랑이 이야기가 뭉클했다. 많은 시간이 흘렀음에도 이야기는 여전히 나를 사로잡았다. 그날 늦은 밤까지 오래도록 책을 붙들고 있었다.

하지만 『시대의 왕자』는 독서모임에서 '내 인생 최고의 책'이 되지 못했다. 책이 절판되어 다른 회원들이 구매할 수 없었기 때문이다. 다른 책을 선택해야 했다. 아쉬웠다. 그 책으로 회원들과 이야기를 나누면 얼마나 좋을까. 하지만 아쉬움은 잠깐이었다, 책을 발견한 것만으로도 나에게는 큰 선물이었다.

찬찬히 과거를 되돌아봤다. 책 한 권이 수면 위로 올라왔다. 중동의 삶, 더 나아가 중동 여성의 삶에 관심을 갖게 만든 책이었다. 바로 할레드 호세이니의 『천 개의 찬란한 태양』이다. 주인공 마리암과 라일라의 비극적 삶을 통해 아프가니스탄의 격변기가 고스란히 드러난다. 두 여인의 서사를 따라가며 자연스레 역사의 현장 속으로 빠져들었다. 그래, 이 책이면 되겠다. 돌고 돌아 드디어 '내 인생 최고의 책' 독서모임에 가져갈 책이 선정되었다.

독서모임 오리엔테이션 날, 우리는 각자 가지고 온 책을 소개한 후 제비뽑기로 순서를 정했다. 나는 2번이었는데 1번 회원의 사정으로 내가 고른 책을 첫 번째 모임에서 읽게 되었다. 매도 빨리 맞는 것이 낫다니 나는 좋았다. 책 선정자는 질문도 준비해야 한다. 고민 끝에 간신히 작성했다. 책 읽기보다 발제하기가 더 힘들었다.

나누고 싶은 질문

1. 책에서 가장 인상적이었던 장면은?

2. 만약 마리암이 잘릴(아버지)과 살기 위해 떠나지 않았다면 어떤 삶이 펼쳐졌을까?

3. 라시드의 폭력과 억압 속에서 마리암과 라일라는 고된 삶을 살아간다. 하지만 둘은 점차 우정을 쌓고 힘들 때면 서로 위로하며 달랜다. 힘들 때 이들처럼 마음의 위안을 주는 대상이 있나?

4. '이슬람'이라는 종교가 곧 삶이며 법의 근간인 아프가니스탄에서 억압받는 여성의 삶을 바꿀 수 있는 것은 무엇일까? 더불어 마리암과 라일라의 삶과 연관 지어 이 땅에서 여성으로 산다는 것은?

드디어 모임에 참석했다. 운영자인 원하나 대표님은 나에게 책 선정 이유를 물었다. 남자인 내가 이 책을 고른 이유가 궁금하다고 했다. 물론 처음 읽었을 때는 이슬람 문화권의 비참한 삶을 보는 것이 힘들었다. 그렇지만 읽을 때마다 빠져들었다. 평소 접할 수 없는 이슬람 문화와 시대적 배경, 그리고 여성의 삶이 한데 버무려져 대서사시가 펼쳐졌다. 작가가 남성이라는 말에 회원 몇몇은 몹시 놀라는 눈치였다. 그만큼 여성의 삶을 섬세하게 잘 표현했다고 생각한다.

각자 돌아가면서 소감과 인상적인 장면을 나누었다. 책을 읽으며 괴로웠다는 반응이 많았다. 심지어 어떤 회원은 라시드를 힘껏 때려 주고 싶다고 했다. 순간 나는 얼굴이 화끈거리고 땀이 났다. 내가 책을 잘못 고른 것은 아닌가 싶었다. 나도 독서모임에서 나와 결이 다른 책을 만난 적이 있었다. 독서모임이 아니라면 절대 읽지 않을 책을 만났을 때 머릿속에는 떠오르는 생각이 있다. '모임에 갈까, 말까?' 그 마음을 잘 알기에 미안한 생각이 들었다.

미처 발견하지 못한 신선한 시선을 모임에서 만나기도 했다. 등장인물을 '존재'와 연결한 의견이었다. 마리암은 어릴 때부터 엄마에게 쓸모없는 존재라는 이야기를 듣고 자랐다. 아버지에게 배신을 당한 후에는 모든 것을 놓아 버린다. 라시드와 결혼하면서 지옥 같은 삶을 살지만 그대로 받아들인다. 하지만 같은 처지의 라일라를 만나면서 꼭 필요한 존재가 된 마리암. 그때부터 삶의 존재 의미를 발견한 것 같다는 의견이었다. 듣고 보니 공감이 되었다. 어떻게 그런 생각을 했는지 대단했다.

책을 읽는 내내 불편한 마음이었다는 회원도 있었다. 소설 곳곳에 남성 중심적인 시각이 많다고 했다. 나는 미처 그 생각까지는 하지 못했다. 어쩌면 내가 남자이기 때문에 다른 회원보다 수월하게 책을 읽었는지도 모르겠다.

마리암과 라일라의 관계에 대해서도 여러 이야기가 오갔다. 둘의 우정은 책의 홍보에서 빠지지 않는 내용이다. 그런데 과연 둘의 관계를 우정으로 단정할 수 있을까 하는 이야기가 나왔다. 그조차도 불편하다는 의견이었다. 결국 라시드라는 악이 있었기에 둘이 힘을 합칠 수밖에 없었던 상황을 지적했다. 어떤 분은 둘의 관계가 우정보다는 모녀 같다는 이야기를 했다. 나도 비슷한 생각이 들었다. 라일라를 지켜 주고 싶은 마리암의 마음이 소설 곳곳에 담겨 있었다.

독서모임이 마무리될 즈음에 한 회원이 나에게 농담을 건넸다. "선생님, 초췌해진 것 같아요." 독서모임 책을 고른 선정자는 회원들의 이야기 하나하나에 모두 신경이 쓰인다. 그래서인지 내가 피곤해 보였나 보다. 그날 나는 마치 자신의 일처럼 소설 속 인물의 고통스러운 감정을 느끼고 이해하려는 회원들의 노력에 절로 고개가 숙어졌다. 책을 흥미로운 이야기로 바라봤던 나에게는 사고가 확장되는 경험이었다.

평생 읽고 쓰는 사람을 꿈꾸며

° ° °

나는 여전히 독서모임과 글쓰기를 꾸준히 이어 가고 있다. 며칠 전이었다. 바쁜 업무로 정신없던 와중에 바람이나 쐬자는 동료의 메시지가 왔다. 벤치에 앉아 이야기를 나누던 중 휴대폰에서 드르륵하는 브런치 알람이 울렸다. 누군가 글을 올렸나 싶어 열어 봤더니 맙소사, 출간 제안이었다. 내가 쓴 중년의 '웃픈' 일상 이야기가 출판사의 기획 의도와 잘 맞아 계약하고 싶다는 장문의 글이었다.

마음에 훅 바람이 일렁였다. 퇴근길에 편집자에게 연락이 와서 미팅을 잡았다. 며칠 뒤 편집자가 직접 회사로 찾아왔다. 이야기를 나누어 보니 다행히 쓰고 싶은 글이었다. 결국 최종 계약을 했다. 가끔 브런치에서 출간 제의와 관련된 글을 보고 부러운 마음이 가득했는데 나에게도 이런 일이 찾아오다니 꿈만 같았다.

우연히 독서모임을 시작했고, 덕분에 글쓰기 수업에 참여하게 되어 지금껏 매일 글을 쓰고 있다. 불과 2년 전만 해도 상상하지 못한 일이다. 그래서 독서모임은 삶의 은인이다. 앞으로도 꾸준히 독서모임에 참여하고 싶다. 책을 읽고 생각을 나누는 시간은 글쓰기에도 큰 도움이 된다. 주중에는 바쁜 회사 일정으로 참여가 힘들지만 '내 인생 최고의 책 독서모임'처럼 주말 모임은 꾸준히 참여할 예정이다.

　마흔 넘어 새로운 인생을 만났다. 삶이 주는 불확실성을 맘껏 누리는 중이다. 전에 없던 기대가 생겼다. 오십이 넘고 육십이 되었을 때 어떤 모습일까. 아마도 나만의 서재에서 책을 읽거나 글을 쓰고 있겠지. 그날을 위해서라도 오늘도 열심히 읽고 쓰는 삶을 이어 갈 것이다.

나를 채우는 가장 좋은 방법은
독서입니다

마흔의 중년 남성은 외롭습니다. 직장에서는 중간 다리 역할로 일을 가장 많이 할 때죠. 달을 보며 퇴근해 집에 돌아가면 씻고 자기 바쁩니다. 아이들은 커 갈수록 학원과 숙제의 세상으로 떠나기에 만나기 어렵습니다. 휴일엔 무언가 해 보려고 해도 물기 잔뜩 먹은 미역처럼 축 처져 소파와 한몸이 되기 일쑤지요.

시간은 또 어찌나 빠르게 흘러가는지요. 앞만 보고 열심히 달려왔는데 특별히 이룬 것도 없이 허무함이 달처럼 차오릅니다. 독서모임을 만나기 전 저의 모습이 그랬습니다. 지금은 어떠냐고요? 물론 여전히 삶은 정신없이 바쁘게 흘러갑니다. 대신 전처럼 공허감에 쉽게 젖어 들지 않습니다. 책을 읽으며 팍팍한 현실에서 벗어나 작가가 만들어 놓은 세상에서 쉬고 있습니다.

시간이 갈수록 인간관계의 폭은 좁아집니다. 매일 회사에서 보는 직장 동료나 가끔 만나는 지인 외에 새로운 사람을 만날 기회가 없습니다. 반복되는 일상은 늘 거기서 거기입니다. 반면 독서모임을 통해 책을 읽고 생각을 나누는 시간은 무척 신선했습니다. 한겨울의 대지처럼 딱딱하게 굳은 줄만 알았던 감성도 봄의 새싹처럼 되살아났습니다. 획일화된 생각에서 벗어나 다양한 의견을 나누며 생각의 폭도 넓어졌습니다. 책을 읽고 이해되지 않은 부분은 모임을 통해 채워 갔습니다.

책 읽는 삶은 가정에도 변화를 가져왔습니다. 집에 오면 휴대폰을 뒤적이거나 텔레비전 채널을 돌리던 제가 책을 읽기 시작하니 아내와 아이들도 동참하게 되었습니다. 과감하게 텔레비전을 없애고 그 자리에 널찍한 테이블을 놓았습니다. 자연스레 책 읽는 분위기가 형성되었습니다. 아내도 지인들과 독서모임을 시작했고, 아이들은 학교에서 주관하는 독서 마라톤 대회에 나가 완주도 하였습니다. 쉬는 날에는 멍하니 텔레비전 앞에서 시간을 보내던 일상이 독서로 바뀌었습니다.

저의 오랜 꿈이던 가족 독서모임도 시작하게 되었습니다. 우리는 한 달에 한 번 책을 읽고 대화를 나눕니다. 책은 마법과도 같은 힘이 있습니다. 독서모임만으로도 아이들이 어떤 생각을 하며 지내는지, 고민은 무엇인지, 앞으로 무엇이 되고 싶은지 자연스레 알 수 있습니다. 아이들에게도 아빠와 엄마가 어떤 생각을 하며 사는지를 독서모임에서 고백(?)하고 있네요.

둘째 아이는 독서모임을 시작할 때 겨우 한글을 깨쳤습니다. 그래서 소리 내어 책 읽는 것을 무척 수줍어했는데 이제는 적극적으로 목소리를 냅니다. 의사 표현을 얼마나 또박또박 잘하는지 변화가 놀라울 따름입니다.

제 이야기를 읽으시고 혹시 독서모임에 관심이 생겼다면 주저 말고 책장의 책을 꺼내 보세요. 소설이든, 시집이든, 자기계발서든 상관없습니다. 혼자서 꾸준히 읽기는 쉽지 않을 겁니다. 동네 독서모임을 검색해 보세요. 생각보다 많은 모임이 있을 겁니다. 요즘에는 온라인 모임도 많습니다. 용기를 내 연락을 해 보세요. 삼겹살에 소주도 좋지만 책을 읽으며 20대의 설레던 마음을 다시 만나는 것은 어떨까요.

꿈을 향한 징검다리,
독서모임

~~~~~~~~~~~~~~~~~~

은 가 람

독서모임이라는 징검다리는 탄탄히
다져 놓으면 앞으로 도약할 수 있는 디딤돌이
될지도 모른다. 독서모임을 발판 삼아
계속해서 꿈을 향해 한 걸음씩
다가갈 것이다.

그 문은 왠지 두드리기가 겁이 났다

o o o

근처에 살고 있으면서도 길 찾기 어플을 켜고 찾아가는 낯선 길. 대체 이 주소가 맞기는 한 건지. 한 층 더 올라가면 출판사가 있다고? 3층에 올라갔다가 아무래도 여긴 아닌 것 같아 건물 밖으로 다시 나가 위를 올려다본다. 아무리 봐도 출판사라는 간판은 어디에도 없다. 애꿎은 계단만 오르락내리락하다 보니 어디선가 들리는 '까르르' 웃음소리.

바로 저기구나! 도란도란 들리는 말소리 앞에 새하얀 문이 버티고 서 있다. 다정한 소리 앞에 한참을 가만히 선다. 문 건너편 세계가 몹시 낯설었다. 친밀한 말소리가 내 노크 때문에 사라져 버리지는 않을까. 저들에게 이방인으로 여겨지지는 않을까. 그 정도로 자존감이 바닥을 쳤다. 내가 '하나의책' 독서모임의 문을 처음 두드리던 그날에는.

내 인생에 재미있는 일이 일어났다

o o o

4살 아이를 키우는 워킹맘에게 '재미'는 사치였다. 내가 이렇게까지 형편없는 엄마이고 책임감 없는 직원인가 자책하는 날들이 계속됐다. 주위의 싫은 소리는 한 귀로 듣고 한 귀로 흘리며 하루를 버텼다. 갓 돌을 넘긴 말도 못 하는 아이를 어린이집에 맡겨 놓고 복직하던 첫날을 기억한다. 아이는 종일 엄마를 부르며 놀았다고 했다.

지금도 불안하면 반복되는 엄마 백 번 부르기. 때로는 그 소리가 환청으로 들려 나를 얽매는 밧줄이 되곤 했다. '먹여라, 씻겨라, 놀아 줘라, 재워라……' 아이가 날 부르는 소리는 끝없이 반복되는 요구였기에 난 평생 처음으로 빚쟁이가 된 것 같은 기분이 들었다. 엄마를 계속해서 부르는 행동이 일종의 '틱 증상'임을 알게 된 것은 훨씬 나중의 일이었다.

당시엔 그저 나에게 모든 것을 의탁하는 한 생명이 있다는 것, 그 생명은 스스로 할 줄 아는 게 아무것도 없다는 것이 애처로웠다. 그런 존재가 세상이 얼마나 험한지도 모르고 나를 보며 마냥 해맑게 웃으면, 내가 과연 이렇게까지 사랑받을 자격이 있는지 스스로 의심스러웠다. 내가 지금 무슨 짓을 한 거지. 앞으로 이 아이가 헤쳐 나가야 할 수많은 난관은 어쩌지. 나를 향한 아이의 절대적인 사랑은 고마움과 겸손함을 가져다주는 동시에 내가 기대치에 못 미치고 있다는 자괴감과 죄책감을 가져왔다.

조금씩 시간이 흐르는 동안 아이가 내게 주는 무한한 사랑은 당연한 것이 되었고, 켜켜이 쌓인 화만 남아 고스란히 아이에게 향했다. 이제 막 말귀를 알아듣기 시작한 아이는 베갯잇에 코를 박고 울다 잠들곤 했다. 눈물에 젖어 길어진 아이의 속눈썹을 하염없이 바라보는 난, 매일 밤 죄인이었다. 육아서를 읽으며 수없이 자기반성과 다짐을 해 봐도 아침마다 어린이집에 들어가지 않겠다며 다리를 붙들고 꺽꺽 우는 아이 앞에서는 속수무책이었다.

동료들과의 업무 이야기는 진부했고 또래 여직원들과의 육아 이야기는 우리 스스로 공범임을 상기시킬 뿐이었다. '진짜 사람'이, '진짜 대화'가 무엇보다 절실했다. 평소와 다름없이 아이와 지지고 볶는 하루를 끝내고 잠을 청하던 어느 날, 우연히 인터넷 포털 사이트 연관 검색어에서 '독서모임'을 발견했다. 그렇게 내 인생에서 독서모임이 시작되었고 그때부터 아주 재미있는 일이 일어났다.

그곳은 자유롭고 시원했다

○ ○ ○

독서모임에서는 실로 오랜만에 다른 이야기를 들었다. 육아·남편·시댁 이야기, 직장 동료 흉보기, 업무 불평하기 등 일과 육아를 병행하는 고충에서 벗어난 완전한 저 세상 이야기. 다른 말로는 표현이 안 됐다. 그들은 내게 진짜 사람이었고 그들과의 대화야말로 진짜 대화였다. 취향을 공유하며 각기 다른 분야에서 열심히 사는 사람들, 나와 생각은 달라도 귀 기울여 마음에 담고 싶은 귀한 이야기들.

책상에 올려 둔 스마트폰을 끊임없이 훔쳐보다가 중간부터는 아예 무음으로 바꾸고 가방에 처넣어 버렸다. 잊자. 그들의 밥과 목욕과 잠은 알아서 하게 두자. 아이와 함께하는 것이 어색한 남편에게 익숙해질 시간을 주자. 끝내지 못한 일은 내일 생각하자. 이 시간만큼은 모든 것을 잊고 오로지 나만 생각하자. 그렇게 마음먹고 나서야 내 사유가 일과 가족의 범위를 벗어나 이래도 되나 싶을 만큼 훨훨 하늘을 날았다.

그곳은 진정 자유롭고 시원하다. 하늘에서 내려다본 우리 집이 참 안락하고 예뻐 보인다. 다시 돌아가도 이제는 만족하리라. 빠른 발걸음으로 집에 돌아오는 내내 꽉 움켜쥔 주먹이 좀처럼 펴지지 않았다. 물론 아이를 보느라 지친 남편을 보자마자 금방 현실로 돌아오고 말았지만. 아이는 엄마를 기다리다 겨우 막 잠이 들었단다. 반사적으로 미안한 마음이 들다가도 어쩐지 내 태도가 전에 없이 당당하다.

진정된 가슴이 다시 뛰기를 기다리며 보내는 한 달은 지정된 책을 적어도 두 번은 볼 수 있는 시간이었다. 아이를 재우며 머리맡에서 책을 읽고, 포스트잇을 붙이고, 메모를 했다. 가장 먼저 변한 것은 아이였다. 아이는 언제부턴가 엄마가 '책을 읽는다'가 아니라 '공부한다'라고 말하기 시작했다. 책을 읽기보다는 찢기가 익숙했던 아이가 엄마 옆에 나란히 앉아 책 보는 시간을 즐기게 됐다. 간간이 내가 보는 책을 읽어 달라고도 했다. 비록 엄마 책은 그림도 없고 무슨 말을 하는지 하나도 모르겠다는 투덜거림으로 늘 끝이 나더라도 말이다.

아이와 남편은 차츰 나의 저녁 외출을 당연하게 받아들였다. 한 달에 한 번 엄마의 일탈이 아닌 '엄마의 공부'가 시작된 것이다. 아이가 한 해 두 해 자라면서 조금씩 손이 덜 가기 시작하자 남편은 운동을 시작했고 나는 독서모임의 횟수를 늘렸다. 그렇게 일주일에 한 번, 두 시간만큼은 온전히 나를 위한 순간이다. 아이와 남편에게 아무 일도 생기지 않을 짧은 시간이다.

그냥 열심히 하루를 산다는 것

○ ○ ○

처음부터 쉽지만은 않았다. 굳게 닫힌 문을 용감하게 열고 들어가긴 했지만 나는 여전히 주변을 맴돌았다. 그곳에서 난 신데렐라였다. 모임이 진행되는 두 시간 남짓이 흐르고 나면 마치 마법이 풀린 듯 재투성이로 돌아가고 마는 신데렐라. 차 한 잔, 밥 한 끼, 사람들을 다정하게 만들지만 당시의 내가 공유할 수 없었던 정말 평범한 것들. 할 수 있는 것이라곤 책에 더 파고드는 일뿐이었다. 따로 시간을 가질 수 없으니 주어진 시간에라도 내가 괜찮은 사람임을 남들에게 보여 주고 싶었다.

시간을 죽이기 위해 하는 독서와 발제를 가지고 덤벼 보는 독서는 천지 차이다. 나는 스스로 나올 법한 질문을 던지고 답하며 책을 읽기 시작했다. 예전보다 시간과 노력이 훨씬 더 들었지만 준비가 잘된 날은 얻는 것도 많았다. 내 의견에 귀 기울여 주는 사람들을 위해 자료도 열심히 찾으며 대답을 준비했다. 사람들은 어린아이가 있으면서도 모임에 꾸준히 참여하는 모습에 궁금증과 놀라움을 표현했다. 어느새 나는 '열혈 육아맘'으로 통하고 있었다.

나는 과연 '열혈 육아맘'인가? 나는 육아를 열혈로 하지는 않는다. 만약 그랬다면 독서모임에 참여하는 일은 절대 없었을 것이다.

그저 여느 엄마들처럼 아이의 신체와 내면의 성장 속도를 쫓아가려고 부단히 애를 썼다. 다른 보통의 직장인처럼 업무와 직급의 상하 관계를 고민하며 부당한 대우에 분개하기도 하고 때로는 보상에 만족하기도 했다.

물론 일과 육아를 병행하는 와중에 짬을 내어 책을 읽고 독서모임에 가는 것이 바쁘고 번거롭기는 하다. 하지만 책과 독서모임을 향한 내 마음가짐은 바쁜 시간을 쪼개 운동을 하거나 네일 아트를 받는 심리와 같다. 당위성이나 강제성을 전제하지 않는 이 시간이야말로 내 인생의 쉼표다. 그곳은 어떻게든 지켜 나갈 독립된 '나'로서의 시간이자 공간이어야 한다. 그게 안 되면 떠나야 한다.

독서모임에 대한 애착이 커질수록 욕심도 자랐고, 그것은 내 처지를 불만스럽게 했다. '나도 저들처럼 자유롭게 시간을 보냈으면 좋겠다. 이것도 하고 싶고, 저것도 하고 싶고. 저렇게 살려면 버텨야 할 시간이 못해도 십 년은 더 남았지. 그때는 나도 늙는다.'

회사 동료들 역시 나를 이해하지 못했다. 입으로는 "독서모임 좋지."라고 하면서도 눈으로는 다른 이야기를 했다. '우리와 다른 사람, 시간이 남아도는 사람, 남편 잘 만나서 혹은 아이가 하나여서 팔자 핀 여자, 의무를 망각하고 자기 취미에 몰두하는 정신 나간 여자'라고 말하고 있었다. '되고 싶은 나'와 '되어야 하는 나' 사이에서 갈팡질팡하다 보니 쉼표는 어느새 마침표가 되었다.

하루를 안 나가니 그다음은 더 쉬웠다. 그렇게 독서모임을 잠시 중단했다. 남편은 은근히 좋아하는 눈치였고, 아이는 대놓고 기뻐했으며, 나는 계속해서 내 처지를 마음에 되새겼다. 예전과 똑같이 회사를 다니고, 아이의 가방을 싸고, 저녁을 차렸다. '하나의책' 블로그는 되도록 보지 않으려 노력했다. 책도 별로 읽고 싶지 않았다.

연말이 다가오자 남편은 해돋이 여행을 제안했다. 우리 가족은 바다가 보이는 방에 도란도란 앉아 지는 해를 함께 보았고 아이가 잠자리에 들자 오랜만에 술 한잔을 했다.

"요즘은 왜 독서모임 안 가?"

"그냥 이것저것 좀 바빠서."

"바쁠 게 뭐 있어. 닥치는 대로 하는 거지. 우리가 언제 계획대로 살았나."

맞다! 인생은 그냥 닥치는 대로 사는 거다. 고민하고 주저하는 사이 지나간 시간은 다시 돌아오지 않는다. 열심히 산 하루하루가 쌓이다 보면 어느새 열심히 산 한 달이 지나 있다. 그게 일 년이 되고 십 년이 되며 인생은 멋지게 흐르는 거다. 내가 어떻게 살아왔는지 잠시 돌아보았을 때 웃을 수 있다면 그걸로 족하다.

희미한 눈발이 날리는 청량한 바람을 맞으며 하나 대표님에게 오랜만에 문자를 보냈다. 틀어 놓은 거실 텔레비전에서 제야의 종이 울린다. 박수와 환호성 소리가 들리고 사람들이 저마다의 소원을 빈다.

'프로 독서모임러'가 되다

○ ○ ○

무사히 독서모임에 복귀한 후 문학·여성·내 인생 최고의 책 독서모임 등에 참여하면서 나의 편향된 독서 취향이 걸림돌이 되고 있다는 사실을 깨달았다. 멋진 책들을 완벽하게 소화하고 싶은데 늘 20%가 부족했다. 그동안 스토리와 캐릭터 중심으로 소설을 읽어왔던 버릇 때문에 시대 배경이나 사회 과학적 지식이 부족하고, 철학적 사고 역시 깊지 못한 까닭이다. 나는 그동안 지켜봐 온 철학 모임을 시작으로 인문·미술사·심리 독서모임 등 관심 있는 비문학 모임이 생길 때마다 최대한 시간을 내 참여했다. 그렇게 3년이 지나는 동안 나는 진담 반 농담 반으로 자칭 '프로 독서모임러'가 되어 있었다.

지정 도서가 마음에 들면 외부 모임에도 적극적으로 참여했다. 기존 모임의 테두리를 벗어나 처음 본 사람들과 다양한 방식으로 얘기를 나누는 경험은 꽤 신선한 충격이었다. 박경리 작가의 『토지』 읽기는 버킷 리스트 중 하나였는데 마침 가까운 독립 서점에서 뜻이 맞는 사람들이 모여 시작했다. 2주에 한 권씩 대하소설의 거대한 물결 속에 푹 빠져서 10개월을 보냈다. 날 좋은 가을에는 박경리 작가의 생가로 다 함께 문학 기행을 다녀왔고, 마지막 날에는 모임장님이 직접 만든 케이크에 초도 불며 완독을 축하했다.

시대 배경을 읽는 데에는 대하소설만 한 것이 없다. 작품 속 인물의 생을 따라가다 보면 나도 모르게 감정 이입이 되어 마치 그 시대를 살아가는 듯한 생생한 느낌을 받는다. 겨우 한고비를 넘기면 다시 파도가 몰려오는 주인공의 삶을 보면서 우리네 인생사에 대한 깊은 이해가 생기기도 한다.

한번은 독서모임에서 만난 번역가님이 SNS 단톡방을 이용한 독서모임을 제안했다. 지금 읽고 있는 책과 좋은 구절을 소개하고 자율적으로 진도를 체크하면서 책을 끝까지 읽는 데 도움을 주는 모임이다. 이런 모임은 온라인에서 쉽게 찾을 수 있으므로 독서모임을 시작하기 부담스럽거나 독서 습관 잡기가 목적인 사람에게 알맞은 방법이다. 내 경우에는 아침잠을 줄이기 위해 '미라클 모닝'을 하면서 책도 읽는 일석이조의 효과를 보았다. 그렇게 하면 보통 한 달에 네다섯 권의 책을 읽게 된다. 평소에도 한 달에 서너 권 정도는 읽었기 때문에 크게 부담스럽지는 않았다. 더구나 책은 읽으면 읽을수록 이해하기가 쉬워지고 자연히 독서 속도도 빨라지니 말이다.

그런데 비문학은 읽는 사람의 기본 지식에 따라 속도가 월등히 차이 난다. 소설을 주로 읽어 왔기 때문에 처음에는 비문학 한 장 읽기가 문학 열 장 읽기보다 훨씬 어려웠다. 하지만 읽는 양이 계속해서 쌓이고 아는 얘기가 나올수록 속도가 빨라져 이제 남들 수

준까지는 겨우 쫓아왔다. 지금은 문학을 읽다가도 역사나 사회적 배경 등이 궁금해지면 습관처럼 관련 인문서를 찾아 해당 부분만 '뽑아 읽기'도 한다.

이런 읽기 방식에 익숙해지면서 역사·철학·미술사 등 각 분야의 통사나 지도로 된 국제 사회 관련 책을 한 권씩 책장에 꽂아 놓으니 좋았다. 서양 문학 읽기에 도움이 되는 그리스 로마 신화나 종교사 관련 책도 많이 활용된다. 그 밖에 통사로 보기 어려운 분야는 그때그때 주제별로 찾아 읽는다.

덕분에 책장은 포화 상태가 되었지만 나는 독서야말로 가장 가성비 좋은 취미라고 생각한다. 남편이 운동 하나를 시작하려면 장비, 옷, 신발 등 구색 갖출 것이 얼마나 많은데! 요즘 책값이 아무리 비싸졌다 한들 커피 세 번만 안 사 먹으면 일주일을 행복할 수 있으니 얼마나 좋은가.

함께하는 독서의 힘

◦ ◦ ◦

모임에 수년간 참여하다 보니 낯익은 얼굴들도 행복이다. 독서 모임에는 타인을 사귀는 데 적극적이지 않은 사람이 많고 나 역시 그런 편이다. 더욱이 기본적으로 독서는 혼자 하는 것이지 않은가. 그래서인지 "책을 혼자 읽으면 됐지, 왜 돈까지 내 가며 시간 버리고 다른 사람들 앞에서 말을 해야 하나?"라며 오해하는 사람이 많다. 이는 "헬스장 가서 러닝머신은 뭐 하러 뛰나? 공원에서 혼자 뛰면 되지."라는 말과 똑같다고 생각한다. 물론 혼자 할 수도 있지만 함께하면 동기 부여도 되고 더 신나서 계속하게 되는 것은 독서 역시 마찬가지다.

독서가 러닝이라면 독서 후 함께 말하기는 야구나 축구 같은 집단 스포츠다. 혼자 읽을 때는 모르고 지나갔던 많은 내용을 서로에 대한 존중 속에서 자연스럽게 알 수 있다. 세대나 성별이 달라 도통 공감할 수 없던 인물, 관련 지식이 없어서 모르고 넘겼던 내용, 직업과 사회적 위치에 따라 서로 다른 입장 등은 함께 말하지 않고선 알기가 어렵다.

처음부터 같은 책을 읽는다는 목적으로 만난 사이기 때문에 상대방의 나이나 성별, 직업, 가치관은 중요하지도 않고 알려 하지도 않는다. 다만 '말'은 거울이 되어 그 사람을 비춰 주고, 거울에 비친 상은 절대적으로 그의 진짜 모습인 경우가 많다. 서로는 진짜 그 사람을 알아보기 때문에 그 외의 것에 크게 관심을 두지 않는다. 몇 년을 본 사이지만 나이가 어떻게 되는지 아직도 정확히 알지 못한다. 하지만 나는 그들을 알고 그들은 다른 누구보다 나를 잘 안다.

그렇게 독서모임에서 만난 인연이 삶의 큰 부분을 차지하게 된 지금이 행복하다. 이야기를 나누다 보면 가끔 이런 질문이 불쑥 나올 때가 있다. "우리가 이걸 언제까지 할 수 있을까요?" 잘 모르겠다. 하지만 벌써 4년이 지났고 내 삶에서 독서모임이 차지하는 비중이 계속해서 커지고 있음은 안다.

나도 독서모임을 운영할 수 있을까

o o o

독서모임 회원으로 몇 년을 꾸준히 다니다 보니 어느 순간 직접 운영해 보고 싶다는 생각이 들기 시작했다. 내가 좋아하는 주제로, 좋아하는 작가들의 책으로 컬렉션을 만들어 함께 이야기를 나누는 기분은 어떨까? 운영자가 되고 싶다는 막연한 생각은 곧바로 걱정으로 이어졌다. 과연 독서모임 운영을 잘할 수 있을까? 사람들을 모을 수나 있을까? 이런 마음을 하나 대표님에게 넌지시 전했더니 고민이 무색할 만큼 흔쾌히 하나의책에서 모임을 시작해 보자고 했다. 걱정은 일단 접어 두고 기획을 잘해 보자고. 마침 하나의책에 역사책 읽기 모임이 있으면 좋겠다고.

회원 모집은 대표님에게 맡기고 즐거운 마음으로 책을 선정하기 시작했다. 하지만 이전까지 역사에 특별한 관심을 가지지 않았던 터라 책을 고르기가 쉽지 않았다. 우선 요즘 어떤 책이 많이 읽히고 있는지 트렌드를 확인했고 나중에는 구간, 신간 가리지 않고 좋다는 책은 다 훑어보았다. 그리고 절망했다. 범위는 너무 넓었고 난이도는 천차만별이었다. 역사책에는 '대중서'라는 것이 존재하지 않는 듯했다.

당시는 일본과의 정세가 심상치 않은 조짐을 보이기 시작하던 때였다. 한일 관계와 관련된 역사책 서너 권을 골라 회원들에게 SOS를 쳤다. 다행히 회원 중에는 대표님을 비롯해 하나의책 안팎에서 독서모임을 수년간 운영해 온 선배들이 여럿 있었다. 그들은 책 선정에 도움을 줬을 뿐 아니라 운영자로서 가져야 할 자세나 시간 배분 문제 등 직접 운영해 보지 않으면 절대 알 수 없는 이야기들을 아낌없이 들려주었다.

특히 대표님은 발제문의 중요성을 강조하며 이런저런 책 이야기를 잘하는 사람도 화두를 던지는 요령이 부족할 수 있다고 했다. 회원들을 골고루 배려하는 동시에 소수를 고려하고, 모두가 흥미를 느낄 법한 발제문을 선정하는 일은 생각보다 매우 까다롭다. 독서모임이 시작되면 운영자가 가장 먼저 부닥치는 어려움이 바로 이것이다. 과연 이 책에 대해서 무슨 이야기를 나누어야 하는가.

발제가 좋은 날은 하고 싶은 말을 다 하고, 듣고 싶은 말을 다 들었기 때문에 당연히 분위기도 좋다. 반면 발제에 신경을 덜 쓴 날은 불만족스러운 표정의 회원들을 배웅해야 한다. 책이 이끄는 수많은 질문 중 몇 개를 골라 난이도를 조절하는 일은 운영을 오래 했더라도 언제나 가장 철저히 준비해야 할 사항이다.

독서모임 운영자로 데뷔!

000

역사 모임을 처음 시작하던 날이 기억난다. 『아베는 누구인가』를 읽고 모인 날이었다. 시작은 패기 있었으나 준비하면 할수록 자신감이 사라졌기에 모두가 날 쳐다보는 그 순간이 얼마나 어색하던지. 인사부터 자기소개, 발제와 끝인사까지 상황별로 문장 하나하나를 적어 놓고 여러 번 연습했음에도 불구하고 분위기는 다소 산만했다. 발제문이 다양한 연령층을 집중시키지 못한 탓이다.

예를 들어 박정희나 아베를 바라보는 20대와 50대의 시각은 완전히 다르다. 역사적 사실에 관한 후대의 평가는 현재 상황에 따라 계속해서 변한다. 그렇기 때문에 자신의 견해만으로 이야기를 나누려 들면 공감이 쉽지 않다. 날 선 발언들이 이어진다 싶으면 대화를 어떻게 정리해야 하나 고민부터 했고, 발언이 길어진다 싶으면 초조하게 시계를 들여다보느라 얘기를 귀담아듣지 못했다. 스무 시간 같은 두 시간이 흘러 모임이 끝나고 나니 완전히 탈진 상태가 되고 말았다.

그럼에도 불구하고 첫 모임을 통해 나는 더 발전하고 있다는 생각에 뿌듯했다. 독서모임에 참여했을 때와 달리 운영자가 되니 회원 모두의 의견을 조율해야 했다. 그래서 회원들의 의견을 더욱 편견 없이 들으려고 노력했다. 이 작업 역시 신선했다. 운영자의 자리에 앉으니 얻을 수 있는 수확이었다.

난 정말 운이 좋은 편이다. 회원 모집을 일일이 신경 쓰지 않아도 될 뿐만 아니라 어려움이 있을 때는 어느 때고 물어볼 사람들이 곁에 있으니 말이다. 실제로 독서모임에 관심이 있어 참여하고 싶어도 주변에 독서모임이 없거나 어디서 어떻게 시작해야 할지 몰라 어려워하는 사람이 정말 많다. 그럴 때는 본인이 직접 운영자가 되어야 하는데 결국 하나부터 열까지 사람을 대하는 일이라 여간 어렵지 않다. 그렇다 보니 대부분 그 과정에서 생각을 접게 된다. 어찌어찌 회원을 모집해 시작했다 하더라도 금방 흐지부지되기도 한다. 이럴 때 누군가 옆에서 도움을 준다면 얼마나 큰 힘이 될까?

그즈음 하나 대표님은 『독서모임 꾸리는 법』 출판을 준비하고 있었다. 나처럼 이제 막 시작하려는 초보 운영자에게 딱 필요한 책이었고 실제로 많은 도움을 받았다. 출간한 지 얼마 안 되어 전국의 도서관과 독서모임에서 강의 초청이 잇달았다. 요즘 사람들이 책을 안 읽는다고들 하지만 내심 이런 문화 모임에 목이 말랐다는 증거다. 이 한 권의 책이 전국 각지에서 독서모임의 싹을 틔우는 고마운 역할을 할 수 있기를 진심으로 바란다.

그때 도움을 준 분들은 지금 '운영자 모임'을 만들어 활발한 활동을 하고 있다. 운영자로서의 고충을 나누고 각자 모임에 도움이 될 만한 정보를 공유하는 것이 전부지만 그것만으로도 모임을 장기간

이끌어 가는 힘이 되어 준다. 독서모임이 방향을 잡지 못하고 불안정하면 운영자는 스트레스를 받고 주기적인 슬럼프가 찾아오기도 한다. 간혹 회원 간에 오해가 생겨 분위기가 안 좋아지거나 돌출 발언으로 전전긍긍할 때도 있다. 그럴 때 같은 운영자로서 경험을 공유하고 공감해 준다는 것은 참으로 든든한 마음의 연대이다.

운영자 모임에서는 주기적으로 워크숍도 계획한다. 대표님의 제주도 강연 소식에 겸사겸사 급하게 만들어진 제주도 워크숍은 또 하나의 잊지 못할 추억이 되었다. 코로나19가 본격적으로 확산되기 바로 직전의 제주 앞바다는 바람이 유난히 거셌다. 건물 사이의 사나운 돌풍에 뺨을 맞아 가며 눈도 제대로 못 뜨면서도 뭐가 그리 재밌는지 우리는 깔깔댔다.

비행기 안에서는 책 이야기, 밥 먹으면서는 독서모임 이야기, 독립 서점을 다니며 각자가 구입한 책과 작가 이야기 등 지칠 줄 모르고 아이디어를 나눴다. 숙소에 돌아와서도 늦은 밤까지 새로운 독서모임을 기획하고 앞으로의 운영 방향을 이야기하다 잠이 들었다. 도중 누군가 불쑥 말한다. "누가 들으면 참 이상한 얘기들을 한다고 하겠어요. 우린 정말 재밌는데!"

온라인 독서모임의 색다른 시도

○ ○ ○

난데없이 들이닥친 코로나19는 황금 같은 휴직 기간을 또다시 육아의 소용돌이 속으로 빠지게 했다. 오프라인 모임은 한없이 연기되었고 마음은 초조해져만 갔다. 그래도 하나의 모임이라도 건져 보려는 눈물 어린 노력은 계속되었다. 아까운 시간을 더 낭비하지 말고 여러 시도를 일단 해 보기로 했다. 우선 고려해야 할 요소는 복직 후에도 지속 가능할 것! 온라인 독서모임은 그런 면에서 단순한 대안이 아닌 매력적인 선택지였다.

먼저 다른 온라인 독서모임들이 어떻게 진행되는지 살펴보았다. 보통 한 달에 한 권의 책을 같이 읽은 후 제시된 발제문에 대해 각자 의견을 게시판에 올리고 서로 이야기를 나누는 방식으로 진행된다. 대부분 오프라인 모임과 크게 다르지 않은 형식이다.

하지만 온라인 독서모임은 아무리 노력해도 오프라인 모임의 상호 소통과 현장감을 따라갈 수 없다. 말과 글은 뇌가 처리하는 방식 자체가 다르며 말하는 사람의 얼굴과 표정은 또 하나의 말이기 때문이다. 그래서 오프라인 모임을 선호하는 사람은 온라인 독서모임에 좀처럼 매력을 느끼지 못하는 경우가 많다. 상황이 이러한데 굳이 온라인에서 오프라인과 같은 형식을 고집할 필요는 없을 것 같았다.

무엇을 해야 할지 예전부터 구상해 오던 그림이 있었다. 나는 독서를 하면서 여기저기 흩어져 있는 정보를 하나로 연결하는 일에 많은 매력을 느껴 왔다. 참고 자료 역시 그런 식으로 맥락을 잡아 왔는데 단 한 번의 독서모임을 끝으로 폐기한다는 사실이 늘 아쉬웠다. 개인 노트나 블로그에 따로 정리할 수도 있지만 혼자 보려고 그 시간을 투자한다는 건 비효율적인 것 같았다. 그래! 이 자료들을 잘 살려 모임을 해 보자.

관건은 기획 의도를 효과적으로 전달하는 일이었다. 이런 독서모임이 회원들에게 잘 먹힐지 고민이었다. 나의 계획을 처음 들은 대표님과 회원들은 한참 동안 질문을 쏟았다. 그 정도로 내가 생각한 기획은 생소한 형태의 독서모임이었다. 회의와 토론이 이어지고 여러 사람의 생각이 모이자 드디어 모임의 모양이 뚜렷해지기 시작했다.

기본 콘셉트는 '벽돌책 도장 깨기를 돕는 메일링 서비스'다. 고전이라서 혹은 유명해서 샀지만 책장의 전시용으로 전락한 책이나, 읽다가 흐름이 끊기면 도로 앞으로 돌아가 읽기를 반복해야 하는 두꺼운 책을 한 권씩 해치우는 것을 목표로 한다. 벽돌책은 매일 소량을 꾸준히 읽어 나가야 완독할 수 있다. 하지만 고전은 두께도 두께거니와 내용이 주는 압박감이 상당하다.

회원들에게 매일 보내 주는 독서 가이드가 이러한 부담을 덜어 줄 것이다. 가이드는 해당 분량에 담긴 작가의 의도, 역사적 배경, 학계의 분석, 생각할 거리 등을 제공하여 작품 이해도를 높인다. 그렇게 읽으면 단순했던 텍스트가 깊게 와닿고 이해의 폭이 더욱 넓어진다. 이러한 정보를 '쉽고 재미있게' 이야기하듯 제공하여 완독할 수 있도록 격려하고 응원하는 것이 바로 내가 할 일이다. 하지만 독서모임이 익숙한 사람에게도 낯선 이 프로그램을 어떻게 널리 알리고, 참여하고 싶은 모임으로 만들 수 있을까?

온라인 독서모임 준비하기

○ ○ ○

이 프로그램의 특징은 '말'이 없다는 점이다. 단순한 텍스트의 전달은 자칫 일방적으로 보이기 쉬우므로 채널 선택이 상당히 중요하다. 일반적으로 독서모임에서 사용하는 채널은 카카오톡 단체 채팅방이나 네이버 밴드 등이다. 그런데 내가 하려는 모임은 메일이나 문자 메시지를 이용해도 괜찮다고 생각했다.

처음에는 회원들이 매일 아침 같은 시간에 도착하는 편지를 기다리는 설렘을 느낄 수 있도록 메일로 모임을 진행하려고 했다. 하지만 메일은 하루에도 수십 통이 쏟아지고 나중에 다시 찾아보기도 어렵다. 그래서 상대적으로 접근이 수월한 문자 메시지로 결정했다. 생소한 형태의 독서모임을 알리려면 적극적인 홍보가 필요하다는 판단 아래 이런저런 시도가 더해졌다. 하나의 선물 세트 같은 느낌을 주기 위해 '북 키트'를 제작하기로 하고, 한 회원에게 굿즈로 넣을 수제 비누 제작을 의뢰했다.

지정 도서의 표지 디자인을 모티브로 한 근사한 비누가 만들어지는 동안 벽돌책을 읽는 데 도움을 줄 독서 트래커를 구상했다. 매일 읽을 범위를 표기한 50개의 동그라미 트래커. 초등학교 시절 포도알을 채우는 마음으로 하루하루 스티커를 붙이는 소소한 재미가 더해지길 바랐다. 상자에 지정 도서와 독서 트래커, 생각을 기록할 노트 패드 그리고 비누 굿즈를 넣어 포장하니 근사한 북 키트가 완성되었다. 또 다른 회원의 도움으로 언박싱 동영상도 촬영해 모임을 홍보할 수 있었다. 기획은 내가 했지만 하나 대표님의 지지와 여러 회원의 도움이 없었다면 결코 완성될 수 없을 그림이었다. 이 자리를 빌려 모두에게 깊은 감사의 말씀을 드린다.

50일간 쌓여 가는 고뇌

○ ○ ○

하드웨어는 다 준비되었으니 이제 콘텐츠를 탄탄하게 구상하는 작업이 남았다. 벽돌책을 읽는 내내 가이드를 제공하기란 애초 생각보다 훨씬 더 힘든 작업이었다. 지정 도서 외에도 여러 권의 참고 서적을 읽으며 온라인 강의까지 수강하다 보니 오프라인 모임 준비에 비해 몇 배의 시간과 노력이 들었다. 하지만 일단 한번 만들어 놓은 가이드는 사라지지 않을 것이고, 계속 업데이트도 되니 점점 내용이 좋아질 수 있다는 확실한 장점도 있다.

가장 심혈을 기울인 부분은 친근한 말투였다. 전문가가 아닌 친한 언니가 마치 옆에서 들려주는 것 같은 느낌을 주자. 그러면서도 내용은 가볍지 않아야 하고 중요한 사항은 반드시 짚고 가도록 할 것! 물론 깊은 우려도 있었다. 내가 무슨 전문가도 아닌데 평범한 사람의 말을 누가 귀담아듣고 싶을까.

출처가 불분명하여 잘못된 정보가 사실로 둔갑한 자료도 많았다. 정확한 자료가 있다 해도 이해를 잘못하면 역시 오류가 되기 때문에 처음 한 달간은 고민이 무척 많았다. 매일 아침 정해진 시간에 장문의 단체 문자를 보내는 일 역시 잦은 기술적 오류로 나를 힘들게 했다. 다시 독서모임 회의가 소집되었다.

일단 중간 과정까지의 반응은 상당히 좋은 편이었다. 내가 듣고 싶었던 '쉽고 재미있다'는 말씀을 다들 해 주었다. 하지만 대표님은 늘 "독서모임은 운영자가 가장 재미있어야 한다."라고 말했다. 당시 나는 걱정과 염려가 재미보다 훨씬 큰 상황이었기 때문에 방향을 조금씩 수정할 필요가 있었다.

문자 메시지는 '패들릿Pedlet'으로 대체했다. 패들릿은 학교 선생님들이 온라인 수업에서 보조용으로 많이 쓰는 프로그램이다. 링크만 있으면 따로 가입하지 않아도 자유롭게 읽고 쓸 수 있다. 이미지 첨부도 가능해서 시각적으로도 훨씬 보기 좋았다. 정해진 시간 없이 패들릿에 자료를 올린 후 예약 문자로 링크만 발송하면 되니 굉장히 간편했다. 회원들도 계속해서 매일 편지를 받는 설렘을 느낄 수 있고, 간혹 날짜를 놓쳤을 때 문자 메시지를 일일이 뒤져 보지 않아도 되니 훨씬 편리하다고 했다. 방법이 개선되니 마음의 부담도 줄었다. 다시 즐거운 마음으로 남은 날들을 보낼 수 있을 것 같았다.

온라인 채널은 무궁무진하니 굳이 한 가지 방법을 고수할 필요가 없다. 현재 진행하는 온라인 모임은 회원 간의 상호 작용을 강화하기 위해 '밴드'를 이용하고 있는데 그 나름의 장단점이 있다. 온라인 모임은 그때그때 상황에 맞게 다양하게 시도해 보고 접근하는 자세가 가장 중요하다고 생각한다.

엄마의 독서모임 독서법

○ ○ ○

독서모임에 용기를 내 일단 가입했다면 그다음에 할 일은? 책을 읽어야 한다. 어떻게 읽어야 할까? 평소에 하던 식으로 무작정 읽는다면? 그런 상태로 모임에 가면 책 내용이 하나도 생각나지 않아 횡설수설하다가 그냥 끝나 버리는 경우가 많았다. 인터넷에서 책에 대한 정보를 최대한 찾아보면 어떨까? 그런데 그렇게 접한 정보를 토대로 하는 발언은 진짜 내 생각인지 다른 사람의 의견인지 구분이 안 될 때가 많았다. 노트에 예쁘게 정리하면서 읽으면? 기록은 분명 도움이 된다. 그러나 서로 눈을 마주하며 즐겁게 얘기할 시간에 나 혼자 노트에 코를 처박고 있는 상황이 생길 수도 있다.

수많은 시행착오를 거쳐 내가 정착한 독서모임 독서법이 누군가에게는 도움이 될 수 있다는 생각으로 소개하려고 한다. 일단 연필과 작은 크기의 메모용 포스트잇, 플래그용 포스트잇을 준비한다. 책을 읽다가 마음에 드는 구절에 직접 밑줄을 치거나 플래그를 붙여 표시해 놓기도 하고, 메모용 포스트잇을 붙여 간단한 메모를 하기도 한다. 특히 메모용 포스트잇에는 사소한 생각이라도 아낌없이 일단 적어 본다.

책을 다 읽고 나서는 메모지를 모두 떼어 비슷한 것끼리 묶는다.

중복되거나 중요하지 않은 내용, 책에서 이미 해결이 된 질문 등을 폐기하고 나면 포스트잇은 많아야 다섯 장 이하가 남는다. 바로 이 것들이 내가 책을 통해서 정말 묻고 싶은 질문과 하고 싶은 말이 다. 메모를 기반으로 질문에 대한 대답을 스스로 내려 보고 간략하게 정리하면 기억에 오래 남고 부담도 적은 독서모임 준비가 끝이 난다. 모임 시작 전에는 플래그와 메모를 한 번 쭉 훑어보는 것으로 충분하다.

독서모임 책이 아닌 내가 고른 책을 혼자 읽을 때는 플래그 정도만 붙이면서 편하게 읽는 방법을 선호한다. 그래도 기록은 되도록 하는 편이다. 독서 노트를 만들어 놓으면 기억에 오래 남을 뿐 아니라 권수가 누적될수록 책과 책이 연결되는 효과를 톡톡히 보기 때문이다. 노트에 쓰기 귀찮을 때도 '시대 배경이 언제인지, 어떤 역사적 사건과 관련이 있는지, 작가는 어느 나라 사람인지'에 대한 해시태그만은 꼭 걸어 둔다.

예를 들어 『레 미제라블』을 기록할 때 '#빅토르위고 #19세기 #프랑스 #1832년6월봉기'라고 적는 식이다. 별로 기록할 내용이 없는 책이라도 해시태그를 걸어 두면 나중에 서로 관련 있는 책들이 꼬리에 꼬리를 문다. 그렇게 서점의 장바구니는 날로 늘어나지만 어떤 책은 목차와 소개만 살펴봐도 읽은 것 같은 느낌이 들기도 한다.

이렇게 읽는 데는 생각보다 시간이 많이 들지 않는다. 업무와 육아로 바쁠 때는 회사에서 점심시간에 기록을 하고, 집에서 아이를 재운 다음에 책을 읽었다. 독서모임 운영을 직접 하면서 준비 시간이 더 필요해졌을 때는 평소보다 한 시간 빨리 일어나서 보충했다. 아이가 읽기 독립을 하고 난 후부터는 각자 테이블에 앉아 독서 시간을 가졌다.

그렇게 새로 생긴 여유 시간에 할 일을 추가했다. 책을 읽으면서 체감한 지식에 대한 갈증을 조금이라도 덜어 내고자 공부를 하기 시작한 것이다. 남들처럼 대학원에 갈 시간 여유는 아직 없지만 관심 있는 분야에 대해 나름의 깊이 읽기를 시도하는 중이다. 이 세상에 훌륭한 작가는 너무나 많고, 그 작가들에게 영향을 준 작품들은 어찌 그리 많으며, 단 하나의 문장에 홀려 그 작품을 사랑하게 된 사람들은 얼마나 많은가. 모든 작가는 또 하나의 독자였다. 내가 사랑하는 작가가 사랑한 작품의 작가……

그렇게 거슬러 올라가다 보면 최초의 책 한 권을 만날 수 있을까. 그들이 뻗어 내는 가지들은 한때 얼마나 풍성했는가. 그것은 지금 또 어떤 형태로 우리와 접촉을 시도하고 있을까. 책이 언제까지 수단으로 존재할 수 있을까. 적어도 나와 내 아이가 살아 있는 한, 아니 아이가 자라 자신의 아이에게 책을 읽어 주고 또 그 아이가 자라 자신의 아이에게 책을 읽어 준다면, 책은 사람이 존재하는 한 늘 옆자리를 차지하고 있을는지 모를 일이다.

이제는 나에게 독서모임이 있다

○ ○ ○

육아를 핑계로 휴직할 때 내게 약속했던 시간이 다 되어 간다. 나는 당분간 꼼짝없이 일에서도 육아에서도 가사에서도 도망칠 수 없을 것이다. 그럼에도 불구하고 마음가짐이 전과 다를 수 있는 이유는 책과 독서모임 그리고 거기에서 만난 친구들이 여전히 내 옆에 있기 때문이다.

삶에서는 해야 할 일과 하고 싶은 일이 늘 상충한다. 나 역시 그랬듯 많은 사람이 해야 할 일을 겨우 하며 꾸역꾸역 살아간다. 하고 싶은 일이 딱히 없다는 사람들에게 "어서 하고 싶은 일을 찾으라." 라고 얘기하면 날 이상한 눈으로 쳐다본다. 하고 싶은 일이 있어도 할 수가 없다는 사람들에게 해야 할 일을 줄이라고, 부족하면 잠도 줄이라고 말하면 역시 날 이상한 눈으로 쳐다본다. 그들의 마음을 잘 안다. 나 역시 그랬으니까. 그러니 더 자신 있게 말할 수 있다. 하고 싶은 일과 해야 할 일을 그냥 같이 하라고. 그게 삶이라고.

나의 꿈은 어린 시절을 담은 이야기를 한 편 쓰는 것이다. 아마도 엄마와 나 그리고 여자들에 대한 이야기가 될 것이다. 그것은 꿈이다. 꿈이 있다는 것은 근사한 일이다. 하지만 그것은 잊힐 수도 깨어날 수도 있는, 말 그대로 '꿈'이다. 그래서 나는 나와 꿈 사이에 징검다리를 하나 두었다. 독서모임이라는 징검다리는 지금의 나도 충분히 밟을 수 있고, 탄탄히 다져 놓으면 앞으로 도약할 수 있는 디딤돌이 될지도 모른다. 독서모임을 발판 삼아 계속해서 꿈을 향해 한 걸음씩 다가갈 것이다. 세상을 보는 눈이 넓어지고 고와지는 건 뜻밖의 덤이다. 이건 나의 삶이다.

당신을 기다립니다

'워킹맘'이라는 단어를 좋아하지 않습니다. 과거에서 현재에 이르기까지 세상에 일하지 않는 엄마가 존재한 적이 단 한 번이라도 있었나요? 엄마들은 엄마라는 이유로 가족을 위해 '나'를 버려 왔습니다. 아빠들이 아빠라는 이유로 가족을 위해 '나'를 내려놓은 것처럼 말이죠. 일하는 엄마와 일하지 않는 엄마로 나누는 것은 언제나 아무 도움이 되지 않습니다.

오늘 당신은 가족의 식사와 빨래, 생필품 재고를 고민하느라 하던 일을 몇 번이나 멈추었나요? 아이들과 남편은 우리 엄마, 우리 아내가 어떤 사람이라고 말하나요? 지난 4년 동안 독서모임에서 어린아이를 둔 엄마를 만난 기억은 손에 꼽을 정도입니다. 어쩌다 오더라도 모임이 진행되는 동안 휴대폰에서 눈을 떼지 못하고 중간에 집에 돌아가기도 하더니 이후로는 볼 수가 없었습니다.

당신이 꼭 책을 좋아하리라는 법도 없습니다. 내 아이는 책을 좋아하기를 바라면서도 정작 자신의 독서는 육아서와 요리책이 다일 수도 있습니다. 하지만 모든 사람은 자신을 돌볼 시간이 필요합니다. 한 사람으로 태어나서 남을 위해 존재하는 사람으로 그쳐서는 안 된다고 생각합니다. 언젠가 남이 더 이상 내 손을 필요로 하지 않는 때가 되면 자신의 존재가 너무도 희미해져 다시 찾기 힘들 수도 있기 때문입니다.

나는 지금 당신을 기다립니다. 그래서 이 글을 쓰기로 결심했습니다. 하나의책에서 출간한 독서모임 시리즈를 읽어 오면서 저자 중 어린아이를 둔 엄마가 없다는 사실을 깨달았습니다. 나의 경험이 당신의 경험이 될 수 있다고 말하고 싶었습니다. 내가 특별한 사람이어서, 남들보다 부지런해서, 시간이 많아서 가능한 일이 아니었습니다.

사람은 누구나 어떤 이유로 삶의 작은 조각 하나가 바뀌었다고 느끼면 누가 시키지 않아도 신나서 그 일을 계속하게 됩니다. 주변의 독서모임을 둘러보세요. 내가 어떤 사람인지, 내 안의 무엇이 나를 만들었는지, 내가 가장 중요하게 생각하는 것은 무엇이고, 나를 나일 수 있게 하는 것은 도대체 무엇인지 오랜 시간 공들여 찾아내는 시간을 즐기기 바랍니다.

진정한 나를 찾은 사람은 오래도록 함께할 사람도 찾을 수 있습니다. 하나의책에는 다양한 테마의 모임이 운영되고 있고 지금도 새로 생겨나는 중입니다. 다채로운 모임을 통해 만나는 사람이 수십 명이 되고, 그러다 보면 자연히 특별한 관계에 놓이는 사람들이 생깁니다. 우리는 이를 '느슨한 공동체'라고 부릅니다.

 성별, 나이, 결혼, 자녀, 직업 등과 관계없이 같은 주제를 가지고 이야기를 나누다 보면 어느새 서로가 하나의 끈으로 연결되어 있음을 느끼곤 합니다. 친밀하다는 이유로 혹은 상처가 될 수 있다는 이유로 가족이나 친구에게 하지 못했던 이야기를 쉽게 털어놓는 자신을 발견하게 됩니다. 말을 하면서 머릿속이 가벼워지고 다른 사람의 말을 들으면서 생각이 정리되는 것을 느낍니다. 상대를 잘 알지 못하더라도 사람의 진심이 마음에서 마음으로 전해졌기 때문입니다.

 내게 가족은 크리스마스트리 같은 존재입니다. 종이 울리고 노래가 끝나고 불이 꺼지면 방 안은 반짝이는 트리의 조명으로 가득합니다. 그 순간 알 수 있습니다. 지금을 위해 내가 희생해 온 모든 것을. 희생의 종류나 크기와 상관없이 결국에는 똑같은 선택을 하게 되리라는 것을. 우리는 모두 그러한 엄마입니다. 이제는 잠시 나의 친구가 되어 주세요. 트리에서 반짝일 당신만의 특별한 오너먼트를 찾기를 진심으로 바랍니다.

나를 이끄는
독서모임

～～～～～～～～

이 계 진

혼자였다면 읽는 데에 그치고 말았을 책은
함께 나누니 풍성한 의미가 되었다. 책과
사람과 함께한 시간만큼 내 세계는 넓어졌다.
내가 독서모임을 사랑하지 않을 수 없는
이유다.

제대로 생각하며 살아 보고 싶어서

◦ ◦ ◦

어렸을 땐 책과 그리 친하지 않았다. 20세기가 불과 몇 년 남지 않았던 때, 집집마다 초고속 인터넷과 가정용 컴퓨터가 물밀듯이 보급되던 시절, 나 또한 또래 친구들처럼 컴퓨터 앞에 앉아 많은 시간을 보냈다. 방 한구석에는 엄마가 사다 준 70권짜리 『소년 소녀 세계문학전집』이 있었지만 제목만 구경하고 몇 권 들춰 보지 않았다. 기억에 남는 책을 꼽아 보라면 한쪽 손만으로 충분할 정도였다. 딱 그만큼이었다. 말 그대로 책과는 담쌓고 살았다.

중학생 시절까지 별생각 없이 살았다. 무언가 하고 싶은 일이 뚜렷하지 않았다. 그저 게임만 많이 했다. 한때는 진지하게 프로게이머를 꿈꾸기도 했다. 그러다 이사를 하고 고등학교에 진학했다. 새로운 곳에서 낯선 사람들을 만나니 고민이 생기기 시작했다. 이내 프로게이머가 될 자질이 부족함을 깨닫고는 공부를 시작했다. 책은 여전히 머나먼 당신이었다. 읽은 책이 일천하니 국어가 잘될 리가 없었다. 언어 쪽으로는 재능이 없다고 생각해 이과를 선택했다.

그래도 내 안에 어떤 감수성이 있었는지 국어, 영어 시간이 좋았다. 수업 시간에 선생님이 들려주는 소설이나 시가 마음을 울릴 때가 많았다. 문제집에서 만난 문학 지문은 퍽퍽하던 학창 시절을 촉

촉하게 적셔 주는 단비 같았다. 고3 때는 뒤늦게 국어 선생님이 되고 싶었다. 이과였지만 문과로 수능을 준비했다. 하지만 언어 영역은 늘 수리 영역보다 시원찮았다. 결국 국어 콤플렉스를 이겨 내지 못하고 국어 선생님의 길을 포기했다.

20대가 되어서는 이따금씩 서점을 기웃거렸다. 종종 대형 서점에 들러 철마다 나오는 문학상 작품집을 들춰 보고 소설책이나 시집을 사기도 했다. 하지만 책과의 거리감은 여전했다. 아무리 읽어도 무슨 말인지 해석이 되지 않아 답답했다. 책을 읽고 감상문 한 장, 아니 문단 하나조차 쓰기 어려워 괴로웠다. 돈 들여 글쓰기 강좌를 들어 보기도 했지만 오랜 콤플렉스는 쉽게 떨쳐지지 않았다.

그렇게 20대가 통째로 흘러가고 30대에 턱걸이하듯 회사에 취업했다. 평범한 직장인이 되어 무수히 찾아오는 하루를 살아 내기 시작했다. 매일 같은 시간에 일어나 출근 준비를 하고 직장에 도착해 일을 하고 퇴근하는 일상. 도시 직장인의 삶은 마치 기계 회로를 헤집고 다니는 전자 같은 생활이라는 생각을 하곤 했다. 아침에 출근길 버스나 지하철에 몸을 싣고 나면 '오늘도 기어코 회로에 진입했구나' 싶었다.

회로 속 길은 언제나 똑같아서 날마다 비슷한 시간에 같은 곳을 통과했다. 지하철에서 환승할 때는 걷기 싫어도 앞뒤로 밀려드는 사람들 때문에 멈출 수 없었다. 표정 없이 입을 굳게 다문 직장인들의 얼굴을 보고 있으면 숨이 막혔다. 그렇게 빌딩 숲으로 들어가

닥쳐오는 일을 해치웠다. 바깥에 나와 하늘 한번 올려다보지 못하고 흘러가는 날들이 쌓였다. 지난주와 이번 주가 비슷했고 어제와 오늘이 별반 다르지 않았다.

삶에 마치 정답이 있는 것 같았다. 취업할 나이가 되면 취업을 하고, 적당한 나이가 되면 결혼하고 아이를 낳아 기르고. 그 안에서 내가 무언가를 선택할 자유는 없는 듯했다. 답답한 마음에 선배들을 찾아가도 원하는 해답을 들을 수 없었다. "결혼하면 어때요? 뭐가 좋아요?"라는 물음에 아무도 속 시원하게 답해 주지 않았다. 답답했다.

직장에 적응하는 것부터 쉽지 않았다. 말 한번 섞어 보지 않았으면서 뒤에서 나에 대해 수군거리고 평가하는 시선들을 견뎌야 했다. 업무를 하면서 폭행 사건에 휘말린 적도 있다. 생애 처음 경찰서에 방문해 고소인 조사를 받고 돌아오는 길에 '내가 지금 무얼하고 있나' 싶었다. 삶 여기저기에 구멍이 생기기 시작했다. 그 틈으로 회의감이 비집고 들어와 자리를 잡았다. '이렇게 답답하고 암울한 삶을 왜 살아야 하나' 싶은 마음이 솟아오르기 시작했다. 질문은 자꾸만 생겨나는데 답은 쉽게 찾기 힘들었다.

그렇게 헤매다 한 공부모임에 참여했다. 반년 정도 함께 모여 책과 성서를 읽고 삶을 이야기하는 모임이었다. 여기서 만난 고미숙 선생의 책, 『공부의 달인 호모 쿵푸스』는 내게 운명 같은 책이다. 이 책은 공부에 대해 만연한 오해를 다루고 있다. 삶을 의심하는 법과 공부하며 살아야 하는 이유를 말하는 책이다. 책을 읽고 나니 공부하며 살아야겠다는 생각이 번개처럼 내리쳤다. 주어진 조건대로, 그저 되는 대로 사는 게 아니라 제대로 생각하며 살아 보고 싶었다. 그래서 책을 열심히 읽기 시작했다. '왜 사는 것인가' 하는 질문을 머릿속에 넣고 철학책과 문학책을 게걸스럽게 읽어 댔다.

그때 읽은 철학책에서는 생각하는 법을 배웠다. 철학자들이 저마다 온몸을 던져 시대를 고민하고 인생을 사유한 이야기는 큰 울림이었다. 각자 나름의 체계를 세워 삶과 세상을 논증하는 글은 살아야 할 이유를 찾는 데 큰 도움이 됐다. 문학책에는 저마다 끈질긴 삶의 고뇌와 이유들이 담겨 있었다. 도저히 살아 내지 못할 것 같은 삶을 살아 내는 인물들을 보며, 절망의 바다에서 기어코 한 줌의 희망을 건져 내는 작가들을 생각하며 눈물을 훔칠 때가 많았다. 책에서 느낀 감동은 삶을 긍정하는 힘이 되었다.

그렇게 책을 열심히 읽었다. 정말 열심히 읽었다. 새벽에 일어나 빈속에 커피를 부어 가며, 출퇴근길 지하철과 버스에서, 직장에서 점심시간을 쪼개 가며 읽었다. 그러다가 문득 뒤돌아보니 남는 게 아무것도 없는 기분이었다. 분명 무언가를 읽긴 했는데 바람처럼 나를 한번 휘감고는 휙 사라져 간 느낌이었다. 그간 보지 않은 책이 너무 많다는 이유로 다독에만 초점을 맞추었던 탓일까.

휘발되는 책들을 붙잡아 보려 열심히 머리를 굴리고 생각도 해보았다. 하지만 여러 책을 읽어도 감상은 비슷했다. '내 생각과 해석이 맞을까?' 하는 질문은 쉽게 해소되지 않았다. 독서는 소수의 취미가 되어 버려서 주변에 물어볼 곳도 없었다. 다른 사람들은 어떻게 읽을까 궁금해졌다. 내 생각에만 갇히기 싫었다. 더 풍성한 생각들을 만나고 싶었다. 하나의 책을 다채로운 시각과 해석으로 경험하고 싶었다.

다른 사람들의 독서법과 생각이 궁금해 블로그를 살폈다. 그곳에는 적지 않은 사람들이 진지하게 책을 읽고 자신만의 생각을 글로 남기고 있었다. 책모임이 꽤 활발히 이뤄지고 있다는 사실도 블로그를 보면서 알게 되었다. '이런 사람들은 대체 다들 어디에 숨어 있는 것일까.' 책모임을 하고, 책을 주제로 사람들과 이야기를 나누고 싶다는 생각이 들었다. 천성이 내성적이라 시작하기까지 많이 망설였다. 오래 뜸 들이다 겨우 용기 내어 책모임의 문을 두드렸다.

책을 좋아하면 수줍어지는 걸까?

○ ○ ○

독서모임에 가 봐야겠다는 마음을 먹고선 블로그와 인터넷 카페에서 '책모임', '독서모임'을 여러 번 검색했다. 모집 글과 후기를 보니 다양한 모임이 있었다. 정말 책이 좋아서 책 이야기를 나누고 싶은 사람들의 모임, 책도 좋지만 친목과 사교가 주목적인 듯한 모임, 어쩌다 한 번 단발성으로 모이는 모임, 한 주제를 갖고 여러 번 모여 이야기 나누는 모임 등등 형태도 천차만별이었다.

'어디를 갈까, 어느 모임이 좋을까.' 줄곧 고민만 하다가 한 모집 글에 마음이 동했다. 독서모임을 전문적으로 운영하는 분이 기획한 모임이었다. 휴일에 아점 먹을 즈음 만나 밥 먹고 차 마시며 부담 없이 이야기 나누는 콘셉트였다.

부담 없는 책 한 권과 브런치, 당신의 토요일 점심이 달라집니다. 한 권의 책을 함께 읽고, 신나게 나누는 책모임입니다.

짧은 소개 글이 마음을 사로잡았다. '부담 없는 책'이라는 문구에 안심이 되었던 걸까. 용기를 내 연락했다. 그렇게 생애 처음 제 발로 찾아간 독서모임은 아직도 기억이 생생하다. 첫 모임에서는 모두에게 무난한 『나의 라임 오렌지나무』를 읽었다. 독서 경험이 일천한 내가 어렸을 때 감명 깊게 읽은 몇 안 되는 책이었다. 하지만 어떤 책이었는지, 무슨 이야기였는지는 거의 기억나지 않았다. 어린이 제제의 마음에 눈물짓던 기억만 희미하게 남아 있을 뿐이었다.

다시 책을 사 읽으니 마치 처음인 듯 새로웠다. 모임에서 어떤 이야기를 나눌지 생각하면서 읽는데 가슴이 두근거리기도 했다. '이런 해석이 맞을까?, 이런 얘기를 하면 어떻게 생각할까?' 등등 생각이 꼬리에 꼬리를 물었다. 모임 시간과 장소가 가까워질수록 마음은 걷잡을 수 없이 쿵쾅댔다.

그렇게 처음 보는 이들과 만나 서먹한 인사를 건네고 밥을 먹고 차를 마시며 책 이야기를 나눴다. 분위기는 부드러웠고 마음은 편안했다. 독서 지도를 하는 분이 만든 모임이라 진행이 노련했다. 그분은 가볍게 대화하는 모임을 구상하다 이번 모임을 만들었다고 했다. 그래서인지 다들 편하게 이야기를 주고받았다. 마치 '책 이야기는 무조건 긍정! 책 읽다 만난 사람은 무조건 환대!'라는 모토라도 있는 듯 서로의 이야기에 귀 기울이고 공감해 주었다.

나는 줄곧 조용히 이야기만 듣다가 모임이 끝나 갈 즈음 용기 내 말을 꺼냈다. 모두 경청해 주었고 좋은 해석이라는 이야기를 덧붙여 주기도 했다. 힘이 되고 위안이 되는 말이었다. 작은 말 한마디가 영혼 전체를 고양시키고 생기를 북돋우는 순간이었다. 첫 단추를 잘 푼 느낌이 들었다.

당시 독서모임에 대한 갈증이 어찌나 컸던지 그날은 하루에 두 개의 모임에 참여했다. 두 번째로 찾아간 곳은 책 읽기와 독서모임을 다룬 책인 『모두의 독서』로 진행되는 모임이었다. 장소가 좀 멀었지만 관심 있는 주제인 만큼 애써 찾아갔다. 마침 저자 중 한 분인 이화정 작가님도 참석한다는 소식에 『모두의 독서』를 나름 열심히 읽고 질문도 준비해 갔다.

모임에는 대학생, 직장인, 전업주부 등 연령과 성별이 다양한 사람들이 함께했다. 풍성한 책 이야기가 오갔다. 저마다 다른 입장과 배경에서 나누는 이야기가 흥미로웠다. 모임에 참여한 한 대학생은 어머니에 관한 고민을 털어놓았다. 어머니와 비슷한 또래의 사람들이 이야기를 듣고 답해 주니 고민이 해소된다고 했다. 독서모임 초짜의 눈에는 참 진기한 광경이었다.

여기서도 나는 소심했다. 미리 준비해 간 질문이 실례되지는 않을지, 다들 공감해 줄지 망설이다가 겨우 말을 꺼냈다. "책에는 독서하며 달라진 삶에 관한 내용이 많습니다. 그런데 그게 단지 관념의 변화로 그치지는 않았나요? 구체적으로 어떻게 삶이 달라졌나요?" 이화정 작가님은 마치 기다렸다는 듯 속사포처럼 답을 쏟아냈다. 실제로 변화한 삶의 이야기를 들려주었다. 미처 하지 못한 이야기는 다음 책에 담고 싶어 기획 중이라는 말도 덧붙였다.

막힌 속이 뻥 뚫리는 기분이었다. 예상을 깨는 답변이고 명쾌한 말이었다. 머리가 시원해지며 책에 담긴 저자의 삶과 마음이 더욱 생생히 다가왔다. 책을 읽고 느끼고 생각하는 것이 전부가 아니라는 당연한 사실이 새삼스레 떠올랐다.

그날 참석한 두 독서모임에는 나처럼 수줍은 사람들이 많았다. 책을 좋아하면 수줍어지는 걸까? 아니면 수줍음 많은 사람들이 책을 좋아하는 걸까? 하지만 처음 약간의 어색한 공기를 빼고는 대화가 활발히 이어졌다. 시간이 흐를수록 어색함과 수줍음은 스르르 녹아내렸다. 대화가 무르익으면서는 다들 왜 이곳에 찾아왔는지, 어떤 고민과 생각을 하며 살아가고 있는지 조금씩 알 수 있었다.

책 한 권 놓고 둘러앉은 우리 사이에는 분명 순수한 마음과 유대감이 오갔다. '책을 함께 읽는 건 이 순간 때문이구나, 이 맛에 함께 읽는구나.' 『모두의 독서』에 나온 표현을 빌리자면 말 그대로 "순수한 우정을 나눴던 시간"이랄까. 앞으로 더 열심히 함께 읽으련다.

글쓰기 재료가 되는 독서모임

∘ ∘ ∘

첫 독서모임의 감흥을 계속 이어 가고 싶어 『모두의 독서』에 소개된 '하나의책' 독서모임을 찾아보았다. 작은 출판사인 하나의책에서 운영하는 독서모임이었다. 운 좋게도 당시 하나의책에서는 여러 모임의 회원을 모집하고 있었다. 그중에서 문학 모임이 가장 눈길을 끌었다. 문학을 워낙 좋아하기도 하지만 한 가지 주제를 정해 놓고 책을 선정해 읽는다고 하니 더 관심이 갔다.

당시 문학 모임의 주제는 '작가 이해하기'였다. 평소 관심이 많던 작가들이 선정되어 꼭 참여하고 싶었다. 모임은 인기가 많아서 경쟁이 꽤나 치열했다. 마감이 됐으면 어쩌나 싶어 걱정했는데 일이 잘 풀리려는지 평일반 모임에 들어갈 수 있었다. 모임 장소는 관악구 행운동에 있는 하나의책 사무실이었다. 지도를 펼쳐 놓고 내가 사는 동네와 회사, 행운동을 연결하면 큰 삼각형이 그려질 정도로 거리가 있었지만 색다른 경험이려니 생각했다.

드디어 첫 모임 날, 두근대는 마음으로 사무실 문을 열었다. 문학 모임에 남자는 나 혼자였다. 안 그래도 낯을 많이 가리는데 청일점이라 더욱 당황스러웠다. 다들 초면이라 어색해서 이야기를 많이 섞지 못했지만 첫인상은 좋았다. 그런 내가 걱정되었는지 출판사의 원하나 대표님은 모임이 끝나자마자 괜찮았냐고 물어봐 주었다. 다음 달에도 출석해야 한다는 당부도 빼놓지 않았다.

모임 구성원은 역시나 다양했는데 그중에는 블로그를 운영하는 분들이 많았다. 애초에 블로그를 통해 알게 된 모임이니 당연한 일이겠다 싶었다. 당시 내 블로그는 시작한 지 얼마 안 되어 글도 몇 개 없고, 이웃도 거의 없는 꼬마 수준이었다. 한 회원이 주소를 묻기에 알려 줬다. "아니 이웃이 왜…." 블로그 이웃이 적다는 회원의 반응이었다. "시작한 지 얼마 안 돼서요."라며 웃어넘기면 될 일이었지만 당시엔 괜히 뜨끔했다. 글쓰기가 어려워 블로그 운영에 자신이 없었기 때문이다.

글쓰기는 오래된 콤플렉스이자 열등감의 원인이었다. 학창 시절 제대로 배우지도 못했으니 때때로 제출해야 했던 글쓰기 숙제는 정말 고역이었다. 책을 멀리하며 지냈으니 당연한 일이다. 글쓰기가 두려워 책을 더 기피하기도 했다. 악순환의 반복이었다. 20대 중반에 이 악순환의 고리를 끊어 보려 글쓰기 강좌도 들었지만 별 소용이 없었다. 몇 번을 듣다가 '글쓰기는 정말 나와 안 맞는 녀석이구나' 하고는 더 이상 강좌에 가지 않았다.

글쓰기가 어려웠으니 블로그가 잘될 리 없다. 하지만 뭐라도 남기기 위해서 블로그를 시작했다. 한창 독서의 재미에 빠져 열심히 읽긴 했는데 뒤돌아서면 남는 게 없었기 때문이다. 독서량이 적어서 그런가 싶어 더 열심히 읽어 보았지만 상황은 나아지지 않았다.

허무했다. 책에서 읽은 내용은 나를 스쳐가기만 할 뿐이었다. 독서가 내 삶에 아무 영향도 끼치지 못하는 느낌이었다. 그렇다면 책을 읽는 데 쓴 시간은 인생에서 죽은 시간이 되는 것 아닌가. 삶을 바꾸려고 독서를 시작했는데 기계처럼 읽기만 반복하다니. 정신이 번쩍 들었다.

무거운 위기감에 사로잡혔을 때 글쓰기가 생각났다. 뭐라도 남기면 굳은살처럼 내 안에 박이지 않을까? 혹시 잊어버려도 나중에 내가 쓴 글을 읽으며 복기할 수 있지 않을까? 무작정 글쓰기를 시작했다. 그런데 책 읽기는 쉬워도 글쓰기는 어려웠다. 글은 머릿속에서 잘 정리된 생각을 정제된 문자로 풀어내는 것이다. 그래서인지 그냥 내뱉으면 되는 말보다 몇 배는 더 어려웠다. 생각을 많이 하고 글로 옮겨도 문장이 마음에 들지 않을 때가 많았다. 막상 써놓고 보면 왜 이렇게 어린아이처럼 썼을까 싶기도 했다. 한 단락을 채우기가 난감했다. 한두 단락 정도 되는 토막글만 썼다. 차마 블로그에 올리지 못한 감상 글도 많다.

그 후로 꾸준히 참석한 독서모임에서 글 쓰는 분들을 많이 만났다. 자신의 블로그에 꾸준히 글을 올리는 분들, 단행본을 출판한 작가나 번역가, 작가 지망생까지 다양했다. 글을 잘 쓰는 사람들은 다른 세계에 사는 줄 알았다. 그런데 직접 만나 이야기를 나눠 보니 평범한 사람들이었다. 책을 읽고 이야기 나누는 데 그 사람의 배경과 지식은 아무 상관이 없었다. 모두 동등하게 발언권을 가졌고 거리낌 없이 생각을 나누며 토론했다. '다 평범한 사람이구나. 나처럼 평범한 사람도 글을 쓸 수 있구나. 그저 책을 읽고 생각을 글로 풀어낼 뿐이구나.' 왠지 나도 쓸 수 있을 것 같은 자신감이 생겼다.

독서모임을 통해 맺은 관계는 글쓰기를 밀고 가는 힘이 되었다. 함께 모여 읽기의 장점은 나를 새롭게 발견한다는 것이다. 거울을 바라보아야 내 외형을 볼 수 있듯, 관계는 내면의 거울이 되어 나를 비춰 주었다. 독서모임을 거듭하면서 오랜 콤플렉스가 조금씩 떨쳐지는 것 같았다. '내 생각이 공감을 받을까, 내 글이 누군가의 마음을 움직일 수 있을까.' 혼자 고민하던 문제들이 독서모임을 통해 풀렸다. 내 블로그의 글을 본 분들에게 "글 잘 읽었다, 공감이 간다."라는 말을 듣기도 했다. 큰 힘이 되었다.

독서모임에서 나눈 이야기는 글쓰기 재료가 됐다. 독서모임은 다양한 생각이 만나고 확장되는 곳이다. 대거리를 통해 몰랐던 부분을 알게 되고 새로운 생각이 가지 뻗듯 돋아나는 경우가 많았다. 때로는 내 의견을 말하면서 새로운 아이디어가 떠오르기도 했다.

혼자 읽기를 흑백 영화에 비유한다면 함께 읽기는 컬러 영화라고 할 수 있지 않을까? 한 결로만 읽었던 책인데 다양한 생각이 모이니 더할 나위 없이 풍성한 의미가 됐다. 흔히 책 뒤에 붙곤 하는 학자들의 해설이 부럽지 않았다. 독서모임에서 나눈 이야기가 더 현실감 있고 생동감이 넘쳤다. 모임 중에 오간 이야기와 열심히 적은 단상들을 집에 돌아와 펼쳐 보면 좋은 글쓰기 재료가 됐다. 글쓰기가 한결 수월해졌다.

그렇게 시나브로 변해 갔다. 옛날에는 그렇게 어렵던 글이 조금씩 써졌다. 나의 짧은 글은 어느새 한 편의 짜임새 있는 글이 되었다. 글은 마치 길 같았고 단어는 발걸음 같았다. 무얼 쓸까 막막하던 백지 위에 단어를 하나씩 적어 나가면 문장이 따라 나왔다. 다음 문장은 그리 고민할 필요가 없었다. 글이 낸 길을 따라가 보면 새로운 풍경이 펼쳐졌다. 그저 그것을 보고 다음 문장을 적으면 되었다. 글쓰기는 어느새 삶을 밝혀 주는 빛이 되었다.

생애 처음 원고 청탁을 받은 날

° ° °

글을 쓰다 보면 평소에 하지 않던 생각이 문장이 되어 무심코 튀어나올 때가 많았다. '어떻게 이런 문장이 나오지' 하며 신기해했던 적이 많다. 스스로도 몰랐던 내면을 만나는 일이 재미있었다. 그러자 삶이 녹아 있는 글, 책과 삶이 대화하는 글을 쓰고 싶었다. 책이 내게 어떤 의미인지 고민하면 할수록 삶을 깊이 생각할 수밖에 없었다. 그런 과정을 거듭하면서 책을 더욱 깊이 이해하기도 했고, 삶을 보다 다양하게 바라보기도 했다.

독서모임도 열심히 하고 글도 꾸준히 썼다. 이제 필명처럼 제법 '문학청년'의 블로그다워졌다. 그러던 어느 날 생애 처음으로 원고 청탁을 받았다. 첫 독서모임에서 만났던 이화정 작가님이 연락을 주었다. 외부 매체에 기고할 글을 써 보지 않겠냐는 제안이었다. 작가님은 북 코디네이터로 활동하면서 책 관련 청년 스타트업 회사를 알게 되었는데, 기획 중인 책 리뷰 잡지 창간호에 글을 쓸 사람이 필요하다고 했다.

그런 연락은 처음이라 어안이 벙벙했다. 기쁨과 고마움, 염려가 동시에 밀려왔다. '내 글을 좋게 봐 주셨구나.' 고마운 마음과 누군가에게 공감을 받았다는 기쁨, 그리고 '과연 잘할 수 있을까' 하는 염려가 뒤죽박죽 섞였다. 이화정 작가님은 "그간 써 온 글을 보면 잘할 수 있을 거예요. 이런 기회를 통해 한 뼘 더 성장할 수 있어요. 저도 그랬어요."라며 격려해 주었다. 며칠 고민 끝에 원고를 쓰겠다고 연락했다.

글은 자유롭게 써도 된다는 말을 들었다. 보통 사람들이 각자의 언어로 저마다의 책 사랑을 이야기하는 콘셉트이기 때문에 책과 주제, 분량 모두 원하는 대로 하면 된다고 했다. 덕분에 부담을 조금 덜 수 있었다. 어떤 글을 쓸까 깊이 고민했다. 그러다 이 모두가 결국 내가 좋아하는 것을 따라오다 만난 일이니 그 이야기를 써야겠다고 생각했다. 서머싯 몸의 『달과 6펜스』를 주제로 책을 읽고 글을 쓰는 일에 왜 가슴이 뛰는지를 적었다. 책 읽기와 글쓰기에 대한 생각을 정리하는 마침표 같은 작업이었다.

내 이름이 찍힌 원고가 실린 잡지를 손에 받아 든 날, 여러 감흥이 떠올랐다. 신기하기도 하고, 아쉽기도 하고, 설레기도 하고, 부끄럽기도 했다. 적지 않은 원고료도 받았다. 과분한 대우였다. 정말 작은 일이지만 앞으로도 열심히 책을 읽고 글을 쓰라는 응원으로 느껴졌다.

이제는 글쓰기에 어느 정도 자신이 붙었다. 예전에는 겁부터 났는데 지금은 어떤 주제든 쓸 수 있겠다는 생각이 든다. '안 쓰는 사람이 쓰는 사람이 되는 기적을 위하여.' 은유 작가의 『쓰기의 말들』에 달린 부제다. 내 경우엔 '읽는 사람이 쓰는 사람이 되는 기적'이라고 고쳐 쓸 수 있을까.

글쓰기를 시작하면서 새로운 꿈도 생겼다. 글을 통해 사람과 사람을 잇고 싶다. 사소하지만 소중한 삶의 이야기를 전하고 싶다. 이를 위해 몇 년 전부터는 마을 신문 기자로 활동하고 있다. 마을 공동체 운동에 뜻있는 동네 사람들과 함께 마을 이야기를 담아 발행하는 신문이다. 기자단은 대부분 나와 같은 직장인들로 이뤄져 있다. 다들 바쁜 일상을 살아가지만 때때로 모여 기획 회의를 하고 취재와 인터뷰를 거쳐 분기에 1회 정도 신문을 만든다. 책과 글을 만나지 않았더라면 시도하지 않았을 행보다. 앞으로도 열심히 뛰어다니며 사람 냄새 진한 글을 써서 나누고 싶다.

독서모임은 마치 정거장 같다. 정거장에 서서 책을 기다리고 사람들과 함께 책 위에 올라타면 어디론가 신나게 떠날 수 있다. 함께 읽은 책은 나를 글쓰기로 인도했다. 글은 길이 되어 내 삶을 이끌었다. 내가 쓴 글을 따라가 보면 새로운 풍경이 펼쳐져 있다. 그곳은 이전에는 알지 못했던 새로운 곳이다. 앞으로는 또 어떤 길이 펼쳐질까.

독서모임이 주는 자극들

○ ○ ○

독서모임에 가면 나와는 다른 사람들을 만날 수 있다. 독서모임을 통해 다른 이의 생각을 엿볼 수 있는 것이다. 좁은 시야에서 벗어나 새로운 세상을 만날 수 있다는 뜻이기도 하고, 그만큼 내 세계가 커질 수 있다는 말이기도 하다.

여러 해 독서모임을 경험하며 많은 사람을 만났다. 매번 같은 모임을 신청해 익숙한 분들도 있지만 한두 번만 스친 경우도 적지 않다. 하지만 만남의 횟수는 별로 중요하지 않다. 독서모임은 아는 사람을 만들기 위해 나오는 자리가 아니다. 한 권의 책을 읽으며 생겨난 마음의 울림을 나누는 곳이다. 누구를 만나든 얼마나 오래 만나든 별로 중요하지 않다. 내 마음이 얼마나 열려 있는지가 가장 중요하다.

독서모임을 몰랐을 때는 책을 많이 읽는 사람만 모임에 올 거라 생각했다. 편견은 금방 깨졌다. 한번은 '작가'를 주제로 독서모임을 했다. 무라카미 하루키, 밀란 쿤데라, 이언 매큐언, 어니스트 헤밍웨이, 레이먼드 카버 등 저명한 작가들의 인터뷰집인 『작가란 무엇인가』 1권을 읽었다. 그런데 그 작가들의 책을 한 권도 읽지 않았다는 분이 있었다. 그분 빼고는 다들 한번 정도는 시도한 작가들이기에 일순간 관심이 모아졌다.

그분은 책을 고르는 특별한 기준이 없었다. 그저 도서관에서 손에 잡히는 대로 책을 뽑아서 읽기 시작했다고 한다. 그런 지가 어언 6~7년 남짓, 한 해에 꼬박 30~40권이나 되는 책을 읽었다니, 한 장르만 파는 나로서는 생소한 독서법이었다. 가히 '무위의 독서'라는 표현이 어울리겠다고 생각했다. 무언가를 채우고 쌓기 위해서가 아니라 유유자적하는 삶의 자세가 독서에 배어 있는 듯했다. 그럴 수 있는 여유가 신기했고 물 흐르듯 자연스러운 유연함과 자유로움이 부러웠다. 이후로도 그분의 말은 두고두고 마음에 남았다. 이처럼 작은 이야기가 때론 삶의 성찰로 이어지기도 한다. 독서모임에서는 두 시간 남짓 이야기를 나눌 뿐이지만 어느 하나 허투루 넘길 게 없다.

그 후로 독서 편력을 고민하기 시작했다. 편식이 몸에 해롭듯이 편독偏讀은 영혼에 해롭지 않을까 싶었다. 좋아하는 책을 골라 읽고는 좋아하고, 좋으니까 또 비슷한 부류의 책을 골라 읽는다. 그렇게 끌리는 책만 읽다 보면 그것이 제일 중요하다는 착각에 빠지기도 한다. 내 시야만 옳다는 아집이 자라나지는 않을까? 정신이 번쩍 들었다.

함께하는 독서모임은 우물 안 개구리가 되지 않도록 도와주는 밧줄이다. 꾸준히 참여하는 하나의책 문학 모임에서는 보통 4권 정도의 책을 정해 읽는데 종종 마음에 들지 않는 책도 끼어 있곤

한다. 별로 내키진 않지만 어쩌겠나, 한번 시작하면 책임 있게 하는 성격 탓에 나름 열심히 읽었다.

그런데 그렇게 읽은 책이 좋을 때가 있었다. 아니 대개 그러했다. 읽으면서 영 탐탁잖던 책도 함께 모여 이야기 나누면 의미가 풍성해지고 비로소 진가를 알게 됐다. 때로는 인생 책을 건지기도 했다. 선정된 책이 영 내키지 않아 도서관에서 빌리려다 실패하고 중고로도 구하지 못한 적이 있다. 아까운 마음으로 새 책을 사서 읽었는데 인생 책 목록에 오를 정도로 좋았다. 그렇게 모임 횟수가 쌓여 갈수록 몰랐던 작가가 인생 작가가 되기도 하고 인생 작품도 차곡차곡 늘어 갔다.

독서모임에서 만난 분들을 통해 삶에 영감을 받기도 한다. 이 책의 공저자인 신재호 님은 뒤늦게 글쓰기에 눈을 떠 엄청난 열정으로 쓰기 시작한 분이다. 나도 나름 열심을 갖고 글을 쓰지만 신재호 님과는 비교할 바가 못 된다. 언제부터인가 블로그에 '매일 글쓰기'를 시작한 신재호 님은 해를 넘어서도 날마다 이어 가고 있다. 입이 떡 벌어지는 일이었다.

덩달아 나도 자극을 받아 더욱 열심히 쓰기 시작했다. 일기 쓰기에도 도전하고, 브런치 작가 신청도 했으며, 블로그에는 꾸준히 책 리뷰를 올리고 있다. 이런 노력들은 작은 결실을 맺는 중이다. 한 인터넷 서점에서 내가 쓴 리뷰를 홈페이지에 싣고 싶다는 연락을 받기도 했다. 소정의 원고료도 받았다. 그저 좋아서 올린 글을 누군가가 알아봐 준다는 것이 신기했다. 책을 만들자는 제안도 받았다. 한 독립 출판사에서 마을을 소개하는 책을 기획했다며 내게 출간을 제의했다.

이제 나는 브런치 작가가 되어 읽은 책을 차곡차곡 기록하는 중이다. 만약 혼자였다면 글쓰기를 꾸준히 이어 올 수 없었을 것이다. 독서모임에서 만난 인연이 내 글쓰기의 페이스메이커가 되어주었다.

요즘 내가 관심을 갖고 있는 또 다른 작업은 나만의 독서모임을 만드는 일이다. 독서모임 회원 중에는 자신만의 분야를 심화시켜 새로운 모임을 만드는 경우도 있다. 나는 무언가를 과감하게 시작하지 못하기 때문에 그런 분들이 신기했다. 동시에 '나라면 어떤 모임을 만들 수 있을까' 하는 생각이 들었다. 언젠가 나도 모임을 운영하고 싶다는 자극도 받았다. 이렇게 독서모임은 서로의 삶에 영향을 끼치기도 한다. 좋은 기운은 주고받을수록 더욱 커지는 법이다.

독서모임을 만들고 싶은 마음

◦ ◦ ◦

독서모임에 갈 때면 늘 종이와 펜을 챙긴다. 메모를 하기 위해서다. 운영자가 어떻게 화두를 꺼내고 어떤 질문을 던지는지, 어떻게 이야기를 끄집어내고 이끌어 가는지 틈틈이 적었다. 운영자가 모임을 인도하는 솜씨는 훌륭했다. 충분히 이야기가 오갈 질문을 고민해서 묻고, 참여자들의 마음을 살피고, 대화를 활성화하고, 발언은 모두가 고르게 하고 있는지 챙기기까지. 마치 소규모 밴드의 지휘자를 보는 듯했다. 부러운 기술이었다.

그렇게 곁눈질로 모임 이끄는 법을 배워 갔지만 시작할 용기는 없었다. 어떤 책을 읽을지, 어떤 방식으로 꾸려 갈지, 누구와 함께 할지 등 생각이 너무 많았다. 마음만 앞서고 쉽사리 해결되지 않는 질문들이 계속 이어졌다. '그냥 마음 편하게 독서모임에 참여하면 되지, 굳이 왜 피곤하게 직접 꾸리려 하나?' 스스로 여러 번 던진 질문이지만 쉽게 대답할 수는 없었다. 언젠가 독서모임을 열고야 말겠다는 생각은 머릿속에 더욱 선명히 머물기 시작했다.

그러다 하나의책의 '독서모임 운영자 모임'을 만났다. 독서모임 운영자와 예비 운영자들이 모여 독서모임을 주제로 정보를 나누는 모임이다. 독서모임에 관심 있는 모든 이에게 열려 있다는 말에 덜

컥 신청을 했다.

모임엔 다양한 분들이 찾아왔다. 어떤 분은 8년 가까이 이어 오고 있는 독서모임이 갈수록 수다 모임으로 변질된다는 고민을 안고 왔다. 단순한 모임을 넘어 독립 출판이나 책 쓰기까지 이어지는 모임을 구상하는 분도 있었다. 일상과 다른 영역을 개척하고 싶다는 포부로 여러 모임을 운영하는 분도 있었고, 육아하는 엄마들에게 연대의 장이 될 독서모임을 구상하는 분도 있었다. 딱히 구체적인 계획조차 없던 사람은 내가 유일했다.

처음 독서모임을 시작하게 된 마음부터 운영 노하우, 실수와 고민까지 다양한 주제로 대화가 오갔다. 책을 잘 읽는다고 모임을 잘 이끄는 것은 아니라는 의견, 사람을 좋아해야 할 수 있는 일이라는 조언 등 여러 이야기가 마음에 남았다. 가장 기억에 남은 발언은 모임을 오래 지속하고 싶으면 자신부터 재미있어야 한다는 말이었다. 이와 함께 우리는 '왜 독서모임을 하려고 하는가?', '어떤 독서모임을 하고 싶은가?'에 대해서도 묻고 답했다. 내게는 많은 것을 배운 시간이었다.

이날 모임을 이끈 원하나 대표님은 나를 보고 유난히 반가워해 주었다. 문학 모임에서만 만나다가 이런 자리에서도 만나니 의외였나 보다. 독서모임을 만들고 싶다는 말을 수줍게 건넨 나에게 대표님은 꼭 만들어 보라며, 만약 열게 되면 하나의책 블로그에도 홍보하겠다는 말로 응원해 주었다.

이후에는 독서모임을 만들고 싶은 이들이 모이는 공부 모임을 하기도 했다. 함께 모여 책을 읽고 나눌 이야깃거리들을 공부하며 직접 실습까지 하는 모임이었다. 두 달여간 모이면서 실제로 진행까지 해 보니 근거 없는 두려움이 서서히 걷혀 갔다.

이 핑계 저 핑계 대며 미뤄 왔던 독서모임을 이제는 시작해 볼 생각이다. 내가 좋아하는 문학을 함께 읽고 모임에서 풍성한 대화를 나누고 싶다. 문학에는 저마다 고유한 삶의 이야기가 담겨 있다. 문학을 통해 내 삶을 톺아보고 타인을 이해하고 반성하는 계기로 삼을 수 있다. 그런 순간은 어디서도 만나기 힘들기에 문학에 각별히 애정이 간다. 문학책 한 권을 거울삼아 이야기 나누고, 그렇게 나눈 이야기가 다시 거울이 되어 삶을 비추는 모임, 그러면서 삶이 더 깊어지는 모임을 꾸리고 싶다.

독서모임을 직접 열고 싶다는 마음은 나도 모르게 생겨났다. 독서모임을 찾아가 함께 책을 읽기 전에는 생각도 하지 못했던 일이다. 한번 생긴 마음은 쉽게 외면할 수 없었다. 마음속 어딘가에 머물러 계속 눈에 밟혔고 새로운 꿈을 밝히는 등불이 되어 주었다. 그렇게 마음에 따라, 나만의 리듬과 속도에 따라 걸어왔다. 이 길은 과연 어디로 이어질까?

독서모임에서 퍼즐 맞추기

· · ·

독서모임 책은 늘 일찌감치 공지된다. 시간이 부족해서 다 읽지 못했다는 말은 핑계에 불과할 때가 많다. 아무리 바쁘다 한들 책 한 권 읽을 시간이 없으랴. 여하튼 시간은 늘 넉넉하지만 모임 당일에야 겨우 책을 마무리 짓는 경우도 적지 않다. 대체 왜 그럴까? 세상은 넓고 읽을 책은 너무 많다는 핑계를 대고 싶지만 실은 학창 시절부터 몸에 깊이 밴 벼락치기 습성 때문이다.

그렇게 겨우 한 번을 읽고 모임에 가면 부끄러울 때가 많다. 책을 여러 번 읽고 노트에 내용을 정리해 오는 분도 있고, 손 글씨로 필사까지 빼곡하게 해 오는 분도 있는데 나는 뭐 하나 싶은 마음이 들어서다. 그럴 때면 다음부터는 기필코 책을 읽고 뜯고 씹어 오겠다는 다짐을 하지만, 뭐 대개 다짐이 그렇듯 다짐일 뿐이다.

"이 책 어떻게 읽으셨어요?" 독서모임 첫 질문은 항상 같다. 가벼운 질문이니 다들 자유롭고 편하게 이야기를 나눈다. '재미있었다, 내 취향엔 맞지 않았다, 별로였는데 읽다 보니 빠져들었다' 등등 다양한 독후감이 오간다. 반응이 다양할수록 분위기는 흥미진진해진다. 가끔 내용이 너무 난해하거나 배경 지식이 필요한 책이 선정되면 다들 어려워해 집중도가 떨어지고 분위기가 처져서 모임이 일찍 끝나기도 한다.

책을 좋아한다고 자부하지만 독서모임에서 읽은 책이 마냥 좋지만은 않았다. 어떤 책은 너무 어려워서 읽다가 그냥 던져 버리고 싶었다. 프랑스 작가 마르그리트 뒤라스의 『모데라토 칸타빌레』가 딱 그런 경우였다. 그날은 모임으로 향하는 발걸음이 괜히 무겁게 느껴졌다. '그냥 가지 말까?' 하는 마음의 소리가 들리는 듯했다. 머릿속으로는 가지 말아야 할 이유를 자꾸 만들어 내려 했다.

그날 모임도 평소와 똑같이 책을 읽은 소감으로 인사말을 나눴다. '어려웠다, 집중하기 힘들었다, 무슨 말인지 모르겠다'는 반응이 대다수였다. '나만 힘든 건 아니었구나.' 슬며시 안도하며 잠잠히 듣고 있는데 어떤 분이 호되게 혹평을 퍼부었다. 그냥 단순히 권태에 빠진 상류층 여성이 불륜을 저지르고 합리화하는 이야기가 아니냐는 말이었다. 그 말을 듣는 순간 책을 변호하고 싶은 마음이 불끈 솟아올랐다. '아무리 그래도 그렇게 폄하할 이야기는 아니지 않나?' 가슴은 뜨거워지고 머리는 빠릿빠릿해지고 입은 바빠지기 시작했다.

열심히 다른 해석과 독법을 설명하고 논증했다. 이 책은 단순한 불륜 이야기가 아니라 한 여성이 일생을 걸고 내딛은 주체적인 결단에 관한 이야기라는 해석이었다. 어떻게 그런 논리 전개를 할 수 있었을까? 책을 열심히 읽지도 않았고 무척 어려워 겨우 완독한 주제에 말이다. 나는 그저 회원들끼리 나누는 이야기를 포착하고 종합하여 나름의 퍼즐 조각을 맞췄을 뿐이다. 격식을 갖춘 토론도 아니고 책이야 워낙 다양한 해석이 가능하기에 정답이랄 건 없다. 하지만 그렇게 오간 이야기는 무지의 늪에 빠진 책을 건져 주었다.

이럴 때면 독서모임이 거대한 퍼즐 맞추기 같다. 모임에 참석한 이들이 저마다 수줍게 내민 퍼즐 조각을 모아 맞추다 보면 근사한 그림이 완성된다. 각각의 퍼즐 조각만으로도 충분히 훌륭하지만 서로 어우러져 만들어 내는 무늬는 훨씬 아름다운 경우가 많다. 1 더하기 1이 단순히 2가 아니라는 사실을 독서모임을 통해 깨닫는다.

독서모임은 다양한 풍경을 만나는 곳

○ ○ ○

친하지 않은 장르나 마음이 내키지 않는 작가의 책을 읽는 일, 일상에서 만날 수 없는 부류의 사람들과 이야기를 나누는 일, 평소의 나에게는 일어나지 않을 일들이다. 하지만 독서모임에서는 가능하다. 나는 독서모임을 통해 예상치 못한 경험을 하면서 새로운 책을, 작가를, 사람을 만나는 중이다.

독서모임 경험 중 가장 기억에 남는 것은 '전작 읽기 모임'이다. 전작 읽기는 한 작가의 작품 모두를 긴 호흡으로 완독하는 방식이다. 기간이 길고 한 작가의 글만 읽어야 하기에 애정이 없으면 완주가 힘들다. 쉬운 일은 아니지만 작가를 깊이 이해할 수 있는 방법이기도 하다.

독서모임에서 나쓰메 소세키의 작품 세 권을 연달아 읽은 적이 있다. 하지만 한 작가의 작품을 그 이상 읽어 본 적은 없었다. 다양한 사람이 모이는 독서모임 특성상 호불호가 갈리기 쉬운 전작 읽기는 성공하기 어려운 콘셉트이기도 하다. 그래서 쉽게 찾기 힘든 모임이다.

어느 날 인터넷에서 전작 읽기 모임 후기를 보고 머릿속이 번쩍였다. 한 작가의 전작을 읽는다는 건 어떤 일일까. 언젠가 꼭 도전해 보리라 마음먹었다. 그러다 우연히 '조지 오웰 전작 읽기 모임'을 만났고 덜컥 신청해 버렸다. 사실 조지 오웰을 특별히 좋아하지도 않을뿐더러 세계적인 작가로 인정받는 이유도 공감하기 어려웠다. 하지만 전작 읽기를 경험하고 싶었다. 코로나19로 침체된 독서 생활에 활기를 불어넣고 싶기도 했다. 그렇게 충동 반 설렘 반으로 모임이 시작됐다. 3개월 동안 조지 오웰의 책 열두 권을 읽는 온라인 모임이었다.

평소 일주일에 한두 권의 책은 읽기 때문에 별로 어렵지 않으리라 생각했다. 그런데 매주 정해진 기한에 선정된 책을 읽어 내는 일은 그리 쉽지 않았다. 종종 슬럼프도 왔고 때때로 스케줄이 꼬이면 하루나 이틀 만에 후다닥 읽기도 했다. 그래도 매주 독서모임 일정에 맞춰 읽어 내긴 했다.

『나는 왜 쓰는가』, 『버마 시절』, 『동물농장·파리와 런던의 따라지 인생』, 『1984』, 『조지 오웰』, 『모든 예술은 프로파간다다』, 『위건 부두로 가는 길』, 『더 저널리스트: 조지 오웰』, 『카탈로니아 찬가』, 『엽란을 날려라』, 『영국식 살인의 쇠퇴』, 『조지 오웰: 수정의 야인』. 이렇게 12주간 매주 한 권씩 조지 오웰의 책을 만났다. 얇은 책, 두꺼운 책, 쉽게 읽히는 책, 도무지 진도가 나가지 않는 책이 있었다. 아주 재미있는 책, 다소 따분한 책도 있었다. 중간에 조지 오웰의 생애를 다룬 책을 읽기도 했다.

작가의 삶을 이해하니 독서에 탄력이 붙었다. 조지 오웰은 소설,

정치·문화 평론, 문예 비평, 에세이 등 다양한 종류의 글을 남겨 지루하지 않게 읽을 수 있었다. 특히 평론에서는 조지 오웰의 생각이 다양하게 변주되어 갈수록 빨리 읽히고 이해도 쉬웠다.

모임은 온라인 채팅으로 진행됐다. 매주 발제자가 발제문을 미리 올렸다. 참여자들은 답을 준비하고 정해진 시간에 모여 이야기를 나눴다. 온라인 모임이 익숙하지 않아 처음에는 걱정이 됐다. 하지만 미리 발제문을 받고 생각하니 머릿속에서 책이 더 정연하게 정리됐다.

대면 모임이 아니라서 주고받는 이야기가 그리 활발하지는 않았다. 그래도 어디서든 참여할 수 있으니 참석률은 높은 편이었다. 서로 얼굴은 보지 못했지만 매주 함께하며 동지 의식도 싹텄다. 공식 모임이 끝나고는 조지 오웰이 사랑했던 책, 조너선 스위프트의 『걸리버 여행기』 독서모임을 한 차례 더 하기도 했다.

모임 전 내 머릿속의 조지 오웰은 『1984』, 『동물농장』으로 유명한 작가였다. 짧은 에세이 「나는 왜 쓰는가」를 통해 "정치적이지 않은 글은 없다."라는 유명한 말을 남긴 좌파 작가에 불과했다. 하지만 『영국식 살인의 쇠퇴』, 『나는 왜 쓰는가』(조지 오웰의 에세이 모음집)에 담긴 에세이에서는 여리고 섬세한 감수성을 가진 조지 오웰을 만날 수 있었다. 『버마 시절』에서는 제국주의의 폭력을 목도하고 그것에서 정직하게 삶을 끊어 내는 모습을 보았다.

『파리와 런던의 따라지 인생』에서는 작가가 되기를 결심하고 밑

바닥까지 내려가 삶을 다시 세우는 인간적인 면모를 만났다. 탄광촌을 경험하고 적은 르포 『위건 부두로 가는 길』과 자신이 참전한 스페인 내전을 다룬 『카탈로니아 찬가』에서는 삶과 글을 일치시키려 목숨까지 걸고 애쓴 그의 이야기를 만났다. 『더 저널리스트: 조지 오웰』, 『모든 예술은 프로파간다다』, 그리고 여러 평론에서 조지 오웰은 펜 하나 들고 거대한 체제와 맞서 싸운 투사 같았다.

모임이 무르익어 가면서 그에 대한 생각이 완전히 달라졌다. 책을 읽을수록 조지 오웰의 삶과 글이 입체적으로 다가왔다. 왜 그런 글들을 썼는지 어렴풋이 이해가 되었고 알 수 없는 연민이 느껴지기도 했다. 오웰은 단순한 정치 소설가가 아니었다. 문학사에 거대한 발자국을 남긴 에세이스트며 비평가였고, 르포 작가이자 칼럼니스트였다. 그리고 무엇보다 삶과 글이 일치하는 작가가 되기 위해 온몸을 바친 투명한 사람이었다. 조지 오웰은 어느새 내가 특별히 아끼는 작가가 되어 있었다.

오르지 못할 산처럼 느껴지던 전작 읽기는 함께였기에 가능한 일이었다. 서 있는 곳이 달라지면 풍경도 달라진다고 했던가. 전작 읽기라는 산에 올라 바라본 풍경은 이전과 달랐다. 긴 마라톤과도 같은 독서를 끝냈으니 앞으로는 누구의 전작이든 읽을 수 있는 체력이 생겨난 기분이었다.

지난 몇 해 동안 독서모임이 아니었다면 내가 책을 이렇게나 열심히 읽진 않았을 것이다. 또한 책을 다양하게 만날 수도 없었을 것이다. 혼자였다면 읽는 데에 그치고 말았을 책은 함께 나누니 풍성한 의미가 되었다. 주고받은 대화와 기운은 삶을 세우는 힘이 되기도 했다. 책과 사람과 함께한 시간만큼 내 세계는 넓어졌다. 내가 독서모임을 사랑하지 않을 수 없는 이유다.

당신의 돌파구는 무엇인가요

당신은 쉴 때 주로 무엇을 하시나요? 하루 일과를 마치고 퇴근하면 시간을 어떻게 보내시나요? 좀 싱거운 물음인가요? 이 질문은 제가 사람을 새로 사귀면 종종 묻는 말이에요. 가벼운 인사치레로 여기고 말 수도 있겠지만 제겐 나름 진지한 호기심이랍니다.

누군가 제게 그렇게 물어 온다면 아마 "주로 책을 읽고 간간히 독서모임에 나가요."라고 답을 할 거예요. 독서모임은 저에게 하나의 돌파구 같은 것이거든요. 집과 직장을 오가며 마음 둘 곳을 찾지 못할 때, 살아가며 이따금씩 육중한 권태감과 무기력이 찾아올 때 그것들을 깨부수고 앞으로 나아가게 해 주는 돌파구 말이에요.

처음부터 갖고 있던 답은 아니었어요. 살다 보니 삶에서 이해할 수 없는 일들이 생겨나고, 그 일들이 만든 물음표를 좇아갔던 것 같아요. 직장에서 괜스레 지치는 일이 생길 때, 상사한테 싫은 소리를 듣거나, 부당하게 일이

몰리거나, 인간관계에서 풀리지 않는 오해가 생기거나, 자꾸 뒤처지는 것만 같고 낮은 자존감 때문에 마음이 흔들릴 때, 그럴 때면 '이 지독하고 지겨운 삶을 왜 살아야 할까?' 하는 질문이 머릿속을 파고들었어요. '왜 사는가?'라는 질문을 더 이상 외면할 수 없을 때였을 거예요. 책을 집어 들고 독서모임을 찾아 나선 것은요.

독서모임과 함께한 몇 년의 시간은 줄곧 그 물음에 답해 가는 과정이었어요. 모임에서 만난 사람들, 나눈 이야기들, 예측하지 못한 일들은 이상하게도 제 삶을 더 고양시켰어요. 혼자만의 시간과 공간에 잠겨 있다가도 다른 이들을 만나 소리와 리듬에 반응하면 그 자체로 삶이 생동하는 느낌이었어요. 손바닥도 마주쳐야 소리가 난다고 했던가요. 잔잔했던 삶에 울림이 생겨나고 무늬가 피어난 건 그때부터인 듯해요.

제게는 독서모임이 인생의 돌파구였듯이 누구에게나 그런 존재가 있을 거라고 생각해요. 그래서 마음 두고 애써 정신을 쏟을 만한 것들, 그런 게 궁금하더라고요. 모두가 저와 같은 돌파구를 갖고 있진 않겠죠? 그래서 오늘도 "당신의 돌파구는 무엇인가요?"라는 질문을 하고 싶어요. 혹시 이 물음이 낯설게만 느껴지신다면, 저처럼 돌파구가 필요하시다면, 책 한 권 읽고 사람들과 이야기 나누어 보시는 건 어떨까요?

독서모임은
삶을 만나는 공간

박 용 석

책을 읽고 독서모임에 집중하면서 참으로
다양한 경험을 했다. 세상은 모두의 생각이
만나 말과 행위로 어우러져 발현되는
공간임을 새삼 깨닫게 되었다.

이 나이에 책을 읽어야 할까?

∘∘∘

혼자 반짝이는 책, 선뜻 손이 가지 않는 책, 차마 읽지 못한 책.

소파 옆면을 등지고 책들이 가로 방향으로 무덤처럼 누워 있다. 곧 읽을 것처럼 쌓아 둔 책들이다. 멍하니 생각에 잠긴 사이에 막연한 어지럼증이 쏠리고 시선이 아득하다. 눈을 깜빡이지 않았던 것일까? 한 인간의 말과 행위가 타인에게 추억으로 남듯 책도 시간이 삭혀 낸 사물의 앙금이라는 생각이 순간 든다.

내가 책을 읽는 이유는 내 안에 숨겨진 추억을 타인의 언어를 통해 기억해 내기 위함이다. 회상은 트레킹처럼 가벼울 수도 있고 마라톤처럼 진을 뺄 수도 있다. 하지만 마음을 가다듬고 행간에 살아 숨 쉬는 정념을 친구 삼아 레고처럼 탄탄하게 순서를 맞춰 가야 한다. 물론 그 기준은 자의적이고 혼란스럽겠지만 온전한 형태로 만들어 갈수록 나만의 언어를 타고 흐르게 된다.

내가 책을 찾는 또 하나의 이유는 은퇴 후 감내해야 할 노년에 대한 고민 때문이기도 하다. 이는 나눠지고 개별화된 퍼즐 같은 삶에서 책장을 정리하듯 나를 정돈해야 하는 의무감이기도 하다. 그동안 의무감은 오로지 타인에게만 있었다. 나를 추구할수록 타인은 뚜렷해지고 차갑게 다가선다. 있는 듯 없고 없는 듯 있다. 아무리 경멸하고 불신하려 해도 시작은 항상 내 곁에 있는 타인이었다. 타인은 언제나 내가 전혀 생각하지 못하는 방식으로 나를 횡단해 간다. 어느 날 소홀히 여겼던 타인의 말이 내 심장에 명중했다.

"여보게, 다람쥐가 쳇바퀴를 돌듯 매너리즘에 빠져 살지 말게. 젊음의 시간은 짧고 노년은 길 거야. 길게 보고 자신만의 의미를 발견할 수 있는 대상을 찾아보는 게 어떻겠나?"

격언처럼 들어 왔던 익숙한 말이지만 그 순간만큼은 전기에 감전된 듯 짜릿한 충격이었다. 아마도 삶에 대한 내면의 물음표 때문이리라. 하지만 관성의 힘은 내면을 사정없이 짓누른다.

'내가 뭐 어떻다는 거야? 일상이 다 그런 거지. 적당히 재미있게 사는 게 최선 아닌가? 뭐가 문제란 말이야?'

그런데 묘하다. 마음이 정체를 드러내며 씹어 먹을 듯 달려든다. 여태 나를 변호하던 말들이 나를 해치려 한다. 당황스럽다. 평생을 묶여 살아온 개가 갑작스레 끈이 떨어지자 어찌할 바를 몰라 우왕좌왕하듯 나는 우물쭈물 책을 찾았다. 나에게 해결책은 책이었다. 책만큼 소리 없이, 선입견 없이 다가갈 수 있는 건 없었다. 특별한 기호를 필요로 하지도, 타고난 운동 신경을 요구하지도 않았기 때문이다.

그러자 어느 날 꿈처럼 책이 나타났다. 모리스 블랑쇼의 『기다림 망각』, 160여 쪽의 얇은 분량이다. 퇴근길에 들른 알라딘 중고 서점의 '오늘 입고된 책' 코너에서 이 책이 우연히 눈에 들어왔다. 동양 문화를 바탕으로 우리 삶 이면의 실체를 망각과 기다림의 코드로 대비해 풀어 가는 소설 형식의 책이다. 그런데 무슨 이야기인지 도통 이해하기 어려웠다. 저명한 분의 추천사를 소리 내 읽어 보지만 도움이 되지 않았다. '탁' 하고 책을 덮어 바닥에 내려놓았다.

'이 나이에 책을 읽어야 할까? 스포츠 신문도 골라 읽는데 독서는 욕심일까? 다른 것을 해 볼까? 악기를 배워 볼까? 댄스는 어떨까? 뭔가를 하긴 해야겠는데 도대체 그 많은 일 중에서 어떤 놈을 어떻게 잡아야 하는 거야.'

답답했다. 하루아침에 책 읽는 습관을 기르기가 쉽지 않아 혼란스러웠다. 하지만 일단 읽고 싶다는 마음이 생겨 버린 이상 자존심 때문에라도 포기할 수 없었다. 어떻게든 독서에 익숙해지려고 몸부림쳤다. 단단히 결심만 하면 다른 차원의 지향점으로 바뀌리라. 기대를 확신으로 만들기 위해 생각을 바꿔 보자. 혼자가 어렵다면 지인들과 시도하자. 그래서 회원들과 함께하는 책 읽기 모임을 시작했다. 한 달에 한 권, 스스로 적당한 족쇄를 채워 읽기로 했다.

독서모임을 시작하고 그만두기까지

○ ○ ○

내가 근무하는 구청에는 일곱 명이 함께하는 기존 독서모임이 있었다. 회원들은 다행히 이미 얼굴이 익은 분들이라 자유롭고 편안한 모임이었다. 회원들이 교대로 책을 정하고 선정자가 모임을 진행하는 방식이었다. 취향이 다른 만큼 회원들은 다양한 책을 선정했다. 독서 초보자인 나에게는 독서의 반경을 넓히는 데 최적이었다. 내가 책을 고를 차례가 되면 회원들에게 평가받는다는 생각에 이 책 저 책 읽어 보고 고민을 했다.

독서모임을 시작하고 1년 동안은 책을 읽고 이야기하는 것이 즐겁기만 했다. 나의 관점과 생각지도 못했던 회원들의 시선을 공유한다는 점이 신선했다. 단 한 번도 거르지 않고 참여하면서 독서의 재미를 깨달았다. 회원들의 미세한 표정 변화를 세세히 살피고 시선을 촘촘히 따라가다 보면 자연스럽게 경험과 느낌이 따라왔다.

어느덧 독서는 하루의 중요한 일과가 되었다. 어딜 가든 책을 손에 들고 다니며 틈나는 대로 읽었다. 읽은 책들을 때로는 출판사별로, 때로는 주제별로 정리하면서 뿌듯했고 행복했다.

그런데 독서모임 2년 차가 되면서 위기가 찾아왔다. 책보다는 모임에 점차 싫증이 나기 시작했다. 어느 정도 나만의 독서 취향이 만들어지면서 무작위로 선정되는 책이 불편해지기 시작했다. '왜 저 회원은 이런 책을 선정했을까, 읽을 만한 가치가 있을까, 이런 책으로 나눌 이야기가 있을까.'

시간이 아깝다는 생각이 들자 참여가 고민이었다. 회원들의 얼굴이 눈앞을 가려 차마 탈퇴하지 못하고 우물쭈물했다. 모임 분위기는 점차 흐트러졌고 진행자조차 결석해 나 홀로 나간 적도 있었다. 자유롭게 날고 싶어졌다. 결국 '독서모임 창업'을 결심했다.

고사성어인 '우공이산愚公移山'을 본떠 '우공의 책읽기'라고 독서모임 이름을 만들었다. 무던한 사람처럼 무던하게 책을 읽자는 의미였다. 그런데 우연히도 회사의 공용차량 번호가 5023이었다. 직원들은 차량 번호를 차용해서 독서모임 이름을 만들었느냐며 웃었다. 긴장감이 밀려왔다. 그들의 웃음 속에 '당신이 하면 얼마나 하겠느냐' 하는 비웃음이 담긴 듯했기 때문이다.

시작은 진짜 무던했지만 갈수록 부담이었다. 무던함의 장점이 앞쪽만을 바라보게 한다면 반대로 부담은 내 마음을 뒤쪽으로 주춤거리게 했다. 하지만 마음이 뒤쪽으로 쏠릴수록 잘 해내고 싶다는 열망은 강해졌다. 어릴 적 허리를 최대한 숙여 던지던 물수제비의 모양처럼 마음이 출렁이며 파문을 이어 갔다.

커다란 울림이었다. 마음의 연못은 나만의 단단한 확신으로 채워졌다. 책과 만리장성을 쌓아 가던 옛 마음이 무너지며 이제는 책을 베고 편히 누울 수 있게 되었다는 생각이 들었다. 돌아보면 나만의 독서모임은 아이러니하게도 내가 그토록 믿지 못했던 타인에게서 시작되었다. 책으로 통하는 타인. 그때부터 타인은 나에게 각별한 지인이 되었다.

책과의 만남은 운명적으로 타자와 조우하는 것이고 또 다른 지인과 관계를 맺는 과정이다. 이제는 우연이든 필연이든 중요하지 않다. 비록 믿음과 불신을 넘나든다 해도 앞으로 펼쳐질 책과의 만남과 헤어짐은 내 심장을 뛰게 한다.

다른 모임에는 무엇이 있을까

○ ○ ○

우공의 책읽기 독서모임을 시작하면서 나는 다른 모임들을 관찰하기로 했다. 우선 전에 함께했던 독서모임을 분석했다. 시작은 즐거웠지만 모임이 거듭될수록 한계가 드러나며 맥이 빠졌다. 주제 없는 독서, 리더가 따로 없는 독서, 비슷한 분위기가 문제라는 생각이 들었다.

회원이 모두 운영자가 되어 순서대로 책을 선정하고 읽는 방식은 민주적이기에 얼핏 좋아 보인다. 하지만 독서력의 차이가 온전하게 드러났고, 책에 따라 응집력이 약해지기도 했다. 각자의 얼굴이 다른 만큼 저마다 추천하는 책도 제각각이었고, 회원들 간에 호불호가 극명하게 나뉘었다. 책에 따라 토론 수준이 널뛰기를 하기도 했다. 다양한 분야를 가볍게 읽는다는 취지에서는 만족스러웠지만 깊이 있는 독서를 하기에는 부족했다.

동네 도서관에서 진행하는 독서모임에 참여해 좀 더 경험을 쌓기로 했다. 박경리의 『토지』를 읽는 모임이었다. 독서모임을 많이 운영하는 기관에서 나온 독서 지도사가 모임을 이끌었다. 주제가 있고 토론 자료에 따라 진행되는 방식이었다. 나름 짜임새가 있었고 체계적이었다.

하지만 인원이 30명에 육박했다. 회원이 많다 보니 모임이 진행될수록 참가 인원이 들쑥날쑥했다. 서로 겉돌고 상대에 대한 배려심이 부족해질 수밖에 없었다. 또한 회원들이 동등한 입장에서 토론한다기보다는 강사의 지시에 따라 움직이는 학생처럼 수동적으로 참여한다는 단점도 보였다. 또한 아무래도 도서관의 무료 프로그램이기에 꾸준히 참석할 동기 부여가 부족해 결석률도 갈수록 높아졌다. 게다가 『토지』를 읽어 내려면 긴 시간이 필요했는데 직장인인 내가 쫓아가기에는 일정이 벅찼다.

또 다른 독서모임을 찾았다. 인터넷 검색으로 다양한 모임을 접했는데 눈에 들어오는 곳은 없었다. 그러다 내가 사는 관악구의 모임이 궁금해졌다. 검색창에 '관악 독서모임'을 검색했다. 포털 사이트 상위에 '하나의책' 독서모임이 있었다. 2017년 당시 4년 넘게 이어진 모임이었다. 망설임 없이 참여를 결심했다. 4년 동안 지속된 독서모임에는 회원들을 끌어당기는 분명한 매력이 있으리라고 생각했다.

'하나의책'에서 진행하는 모임은 다양했다. 주중과 주말로 시간선택의 폭이 넓었고, 정원도 10명으로 적당해 보였다. 회당 1만 원인 참가비도 부담이 없었다. 인문서를 좋아하는 나는 철학 모임에 신청했다.

철학 모임 회원들은 각자 뚜렷한 독서 관점을 가진 분들이어서 토론의 깊이를 느낄 수 있었다. 회원 간에는 정과 열정이 느껴졌다. 그렇게 장기간 모임이 유지된 비결은 배워야 할 장점이었다. 나는 우스갯소리로 그분들에게 '하나의책 충성파'라고 부르기도 했다.

모임장인 원하나 대표는 작은 출판사를 운영하면서 독서모임도 꾸리는 적극적인 사람이었다. 철학 모임에서 원하나 대표의 진행을 눈여겨봤다. 책에 대한 간단한 소감과 몇 가지 소주제를 통해 회원들이 자유롭게 토론할 수 있도록 유도했다. 또한 회원들이 빠짐없이 발언할 수 있도록 시간을 조절하며 모임을 진행한다는 강점을 발견했다.

하지만 가끔은 토론이 가벼운 분위기로 흐를 때도 있었다. 나는 독서모임에서 회원들이 최대한 토론에 집중하도록 만들고 싶었다. 원하나 대표는 발제문을 구두로 제시했는데, 토론 자료를 구체적으로 만들어 방향을 제시하는 방법이 좋겠다는 결론을 내렸다.

철학 모임에 참가하면서 소설과는 다른 매력을 느꼈다. 혼자 생각하고 결론을 내리는 독서에서 한 걸음 더 나아가 여럿의 이야기에 귀를 기울이고 종합적으로 판단하는 색다른 즐거움을 얻을 수 있었다. 책들이 어렵긴 해도 대화를 하면서 하나씩 새로운 시선을 접하는 재미는 낯선 기쁨이었다.

나를 움직이게 하는 철학 독서모임

° ° °

철학 모임을 돌아보면 매튜 키이란의 『예술과 그 가치』가 특별한 기억으로 남는다. 낭만주의 이후 현대까지 다양한 그림을 소개하며 미적 가치의 변화를 설명하는 전개가 무척 흥미로웠다. 칸트의 미적 태도에 대한 부분은 머리를 아프게 했지만 예술과 철학의 연관성을 생각한 계기가 되었다.

그림에 문외한이던 내가 프랑스 화가 앙리 제르벡스의 「롤라」를 좋아하게 된 것은 최대의 수확이었다. 그림은 내용을 모르면 극히 단순해 보인다. 자살을 결심한 롤라는 창녀와 뜨거운 하룻밤을 보내고 어스름한 새벽녘 창가에서 그녀를 바라본다. 경직되고 어두운 그의 표정과 밝게 빛나는 나체 여인의 대조가 범접할 수 없는 삶의 간극을 보여 주는 것 같아 짠한 느낌을 주었다.

『예술과 그 가치』는 하나의책 철학 모임에서 선정한 최고의 책이라고 생각한다. 이 책을 통해 독서모임의 성공이 책 선정에 달려 있다는 점을 깨달았다. 원하나 대표의 안목을 믿고 철학 모임에 지속적으로 참여했다. 당시 철학 모임에 단 한 번도 결석과 지각을 하지 않은 덕분에 원하나 대표에게 책 선물을 받았다. 독서모임에 열심히 참여한 회원만이 받을 수 있는 책 선물이야말로 최고의 기쁨이고 자부심이라는 생각을 했다. 열성적인 회원을 위한 선물이 얼마나 중요한지를 체득했다.

소위 '벽돌책'인 독일의 정치 철학자 한나 아렌트의 『정신의 삶』을 함께 읽은 것도 기억에 남는다. 원하나 대표가 힘차게 "도전, 한나 아렌트!"라고 외치던 모습이 지금도 생생하다. 『정신의 삶』 독서모임에 앞서 전에 혼자 읽었던 한나 아렌트의 『예루살렘의 아이히만』이 생각났다. '악의 평범성'이라는 화두를 던진 아렌트에게 호기심을 느끼며 그의 다른 책을 찾아보던 기억도 났다.

그래서인지 『정신의 삶』도 충분히 읽어 낼 수 있다는 생각으로 자신이 넘쳤다. 하지만 1,500여 쪽에 달하는 『정신의 삶』은 만만하지 않았다. 사유, 의지, 판단을 바탕으로 철학사를 정리한 이 책이 나에게는 역부족이었음을 곧 깨달았다. 한정된 지식으로 광범위한 내용을 이해하려니 어려웠다. 소경이 코끼리를 더듬는 느낌이었다.

『정신의 삶』을 읽기 위해 주말을 통째로 도서관에서 보냈다. 한 회원이 "이렇게 어려운 책을 왜 읽어야 하는지 모르겠다."라고 투덜거릴 때마다 동병상련의 웃음을 보냈다. 그러면서도 인간의 행동을 이해한다는 것이 그만큼 단순하지 않고 복잡한 과정이자 결과일 수밖에 없다는 생각이 들었다.

사유, 의지, 판단의 구조 속에서 표출되는 인간의 행동을 규정하고 이해하려는 아렌트의 필생의 노력을 접하면서 새삼 감탄했다.

하지만 한편으로는 왠지 공허하다는 생각을 지울 수 없었다. 말로 말을 규정해야 하는 막막함이라 할까. 잘은 모르지만 아렌트의 논리 전개에는 고개를 끄덕이며 읽으면서도 결론을 낼 수 없는 막연함과 공허함을 함께 느꼈던 슬픈 책이었다. 마치 제르벡스의 「롤라」처럼.

어쩌면 철학은 결론을 낼 수 없는 토론과도 같은 것이리라. 그 도도한 흐름에 함께하면서 느낀 자부심과 기쁨은 강렬하게 남아 있다. "도전!"이라고 외치던 원하나 대표의 말이 지금도 생생하다. 도전은 응전을 부르고 어떤 방식으로든 인간을 움직이게 한다. 하나의책 철학 모임은 나를 움직이게 하고 방향을 제시한 존재였다.

주민과 독서모임 하는 공무원이 되기까지

○ ○ ○

철학 모임에서 경험을 쌓으면서 우공의 책읽기 모임도 준비했다. 기존 모임은 직원만 가입할 수 있는 폐쇄적인 형태였다. 모임이 거듭될수록 서로를 잘 알게 되면서 나중에는 누가 어떤 말을 할지 예측이 가능했다. 그러자 신선함이 떨어졌다. 동질성을 전제로한 책 읽기와 대화는 벽에 막힌 느낌이었다. 독서모임은 서로 다른 생각을 드러내면서 공감을 확대하는 재미가 중요하다. 폐쇄성을 극복하기 위해 우공의 책읽기 가입 조건을 '책을 사랑하는 모든 사람'으로 확대했다.

모임은 '금캐기'와 '시즌'이라는 2개의 테마로 구성했다. 금캐기 모임은 귀한 배움을 얻는다는 취지로 고전과 인문서를, 시즌 모임은 작품성 있는 세계 문학을 골라 읽기로 했다. 사실 고전과 인문서는 삶을 풍요롭게 하는 필독서로 널리 알려졌지만 고리타분해 보여서인지 쉽게 손이 가지는 않는다. 하지만 나는 오히려 금캐기 모임을 숨어 있는 독자를 만날 수 있는 기회로 여겼다.

금캐기 모임의 주제를 '나는 누구인가'로 정하고 『이기적 유전자』, 『이타적 유전자』, 『하얀 성』, 『불안의 책』을 선정했다. 인간 본성에 대한 다양한 관점을 각자의 생각에 비추어 보자는 취지로 선택한 책들이다. 시즌 모임에서는 노벨 문학상 수상 작가의 책을 읽기로 했다. 『황금 물고기』, 『거짓의 날들』『군중과 권력』, 『카타리나 블룸의 잃어버린 명예』를 선정했다.

나는 책을 고를 때 흔히 접하기 어려운 도서를 살핀다. 너무 익숙한 책은 회원들의 흥미를 자극할 수 없다고 생각해서다. 그래서 회원들에게 적당한 호기심을 불러일으키는 책을 선정하려고 노력한다.

독서모임을 기획했으니 이제는 사람들에게 우공의 책읽기를 알려야 했다. 우선 우공의 책읽기 블로그를 만들었다. 모임별 카테고리를 구성해 틀을 잡고 독후감을 올리거나 독서와 관련된 글을 공유했다. 그러자 책에 관심을 가진 블로거들이 하루에 10명 이상 꾸준히 이웃 신청을 했다.

홍보를 위해 구청에서 주최하는 독서토론 대회에 참가하기도 했다. 각지에서 모인 참가자들과 독서모임의 공감대를 만들고 우리 모임을 소개했다. 그렇게 거의 1년간 쉬지 않고 우공의 책읽기를 알리려 노력했다.

블로그에 회원 모집 공지를 올리기 전에는 회비를 고민했다. '움직이면 돈'이라는 말이 있듯이 모임을 유지하기 위한 회비는 중요하다. 하지만 회원들에게 부담스럽지 않은 금액으로 책정해야 했다. 여러 독서모임을 보니 회비가 커피 한 잔 값에 불과한 곳부터 몇십만 원을 넘는 고가의 모임까지 있었다.

회비가 저렴한 소규모 모임은 주로 카페에서 진행했다. 다행히 나는 근무하는 송파구청 회의실을 무료로 사용할 수 있었다. 그래서 간식과 음료 비용 2,500원에 운영 및 관리비까지 감안해 1회 모임 회비를 1만 원으로 정했다. 4회 모임 참가 신청을 한꺼번에 받았기에 총 4만 원이 독서모임 회비가 되었다. 결석하지 않고 참석하는 회원들에게 책 선물을 할 수 있는 여유가 되는 금액이었다.

이렇게 준비한 독서모임의 회원 모집 공지를 블로그에 올리던 순간은 지금도 생생하다. 지인 네 명을 회원으로 확보한 상태였지만 과연 시민들이 우리 모임을 찾아 줄지 걱정 반 기대 반으로 심장이 떨렸다. 첫 신청자는 박 모 회원이었다. 그분의 신청에 뛸 듯이 기뻤다. 조금 과장하자면 첫 아이를 낳았을 때와 비교해도 크게 다르지 않을 정도로 들떴다. 그렇게 만난 박 모 회원은 이후 우공의 책읽기 모든 과정에 참여하면서 독후감 공모전에까지 도전하는 '열혈 회원'이 되었다.

또 다른 분은 전 모 회원인데 사무실이 광화문이라 저녁 모임에 항상 급하게 도착해 숨 가쁘게 자리에 앉던 모습이 떠오른다. 국내에서 박사 과정을 밟고 있는 분인데 모임에서도 토론을 주도하는 '똑순이'였다. 나중에는 전 모 회원과 공동으로 모임을 운영하고 싶어져 제안을 했다. 고맙게도 그녀는 '자아 탐구'를 주제로 모임을 이끌어 줬다. 그 외에도 그때 오신 회원 모두에게 일일이 손을 잡고 인사하고 싶을 정도로 감사했다.

회원들과 독서모임을 하는 첫날, 인사를 나눠 보니 송파에 거주하는 주민이 대다수였다. 다들 독서모임에 높은 기대를 표시했다. 6시 이후 구청에 온다는 생각을 하지 못했다며 신기하고 즐겁다는 분들도 많았다. 송파에 10년 넘게 살면서 한 번도 구청에 온 적이 없었는데 이렇게 좋은 프로그램을 운영해 줘서 고맙다는 인사를 받기도 했다. 기존 독서모임의 한계를 극복하려는 시도가 시민들에게 조금이라도 어필했다는 생각이 들었다. 앞으로의 홍보는 모임의 양과 질을 업그레이드하면 할수록 좋아지리라 기대했다.

토론 주제를 만드는 나만의 방법

◦ ◦ ◦

독서모임에서 가장 중요한 것은 최적의 책을 선정하는 일이고, 두 번째는 적절한 토론 주제 준비라고 생각한다. 이 두 가지만 잘해도 모임의 80% 정도는 성공했다고 여기고 있다. 이를 위해 우선 테마별로 주제를 정한 다음, 그에 맞는 책을 고른다. 그리고 일독한 도서에서 토론하기 좋은 화두를 적절하게 뽑아낸다.

나는 책을 읽고 나면 전체적인 느낌만 남고 구체적인 부분이 바로 머리에 떠오르지 않아 준비가 어려웠다. 그래서 처음 읽으면서 의미 있다고 느끼는 부분에 밑줄을 긋고 소감을 한쪽 빈 공간에 짧게 적었다. 특히 저자나 역자의 후기를 집중해서 읽는다. 토론하기 좋은 중요한 접점을 발견할 수 있는 곳이기 때문이다. 완독하면 밑줄 친 부분을 노트에 적으면서 논제를 떠올린다. 그리고 나서 문제 형식으로 10개 정도의 문항을 작성한다. 3개 문항은 항상 같은 유형이고 나머지는 해당 책의 내용을 정리해 만든다.

같은 유형의 문항 3개

1. 평점 매기기
2. 인상 깊게 읽은 부분과 그 이유 말하기
3. 책을 한 문장으로 정리하기

나머지 문항에는 나의 주관을 반영한다. 예를 들어 선정 도서를 읽고 연상되는 다른 작품의 일부를 인용해 제시하면서 함께 이야기하는 문항이 있다. 이런 경우 인용된 작품이 어렵거나 생소하면 회원들과 소통이 힘들 때도 있다. 운영 방식에 정답은 없지만 운영자 입장에서 적절한 모델을 찾는 것이 중요하다고 생각한다.

또한 해당 도서를 다룬 기사, 독후감, 논문 자료 등을 찾기도 한다. 논문은 어려워 보이지만 책을 완독한다면 충분히 읽을 수 있다. 논문 연구자가 어렵지 않게 자세히 설명하는 경우가 많기 때문에 책을 이해하는 데 도움이 된다.

논제를 정하면 발제문을 만들어 모임 전에 회원들에게 전달하고 미리 읽으라고 공지한다. 발제문을 미리 배포하면 토론할 때 순서대로 진행할 수 있고 대화가 겉돌지 않게 조절하기도 편하다. 처음에는 모임 일주일 전에 카톡 메시지로 발제문을 전달했다. 그런데 휴대폰 화면으로 보기가 불편하다는 회원들이 생겼다.

메모하기도 힘드니 모였을 때 다음 모임의 발제문을 나눠 달라는 요청을 들었다. 처음에는 한 달 먼저 발제문을 준비하려니 엄두가 나지 않았다. 하지만 막상 해 보니 회원들의 만족도가 높았다. 물론 준비하는 과정에서 힘이 조금 더 들긴 했지만 모임의 완성도를 위해서는 좋은 방법이었다.

읽는 사람들의 글쓰기 도전기

∘ ∘ ∘

우리끼리 하는 말 중에 "매일 밥만 먹고 살 수 있나?"라는 말이 있다. 아무리 좋고 즐거운 일도 일상이 되면 지루하고 따분하기까지 하다. 독서도 마찬가지여서 책만 읽다 보면 흥미를 잃어버리기 십상이다. 토론은 더 말할 것도 없다. 새로운 이벤트가 있어야 권태로움을 극복해 나갈 수 있다.

책을 읽는 모임에서는 생각을 글로 정리하면 또 다른 의미를 깨달을 수 있다. 회원들에게 글쓰기 동기를 부여하기 위해 독후감 대회를 검색했다. 뉴스를 듣추다 보면 전국 주요 기관에서 상당한 상금을 걸고 독후감 공모전을 개최한다는 소식을 발견할 수 있다. 이를 참고해 매년 상·하반기 1회씩 회원들과 함께 독후감 공모전에 참가하기 시작했다.

난색을 표한 회원도 있었지만 취지를 설명하고 참여를 독려했다. 우선 상금이 푸짐한 대회를 눈여겨봤다. "잘만 하면 목돈을 챙길 수 있다."라는 감언이설로 회원들을 유혹했다. 일단 흥미를 느끼게 만들면 절반은 성공이다. 문제는 회원들의 글쓰기 부담을 덜어 줘야 한다는 점.

마침 동네에서 북 카페 '자상한 시간'을 운영하는 박경애 작가를 섭외할 수 있었다. 박경애 작가는 국문학을 전공한 방송 작가 출신으로 일일 특강에 적임자였다. 회원들에게 박경애 작가의 글쓰기 강의를 듣고 조금만 배우면 쉽게 쓸 수 있다는 자신감을 심어 주었다.

그렇게 구청에서 회원들과 일일 특강을 진행했다. 제목 잡는 법, 서두 시작하는 법, 과정 구성하는 법, 마무리하는 법 등을 체계적으로 배웠다. 이후 미리 써 온 독후감을 박경애 작가에게 보여 주고 수정하는 과정을 거쳤다. 물론 단 한 번의 강의로 실력이 눈에 띄게 향상되지는 않겠지만 그래도 전보다는 확실히 좋아졌다. 회원들은 조언과 수정을 통해 처음보다 발전한 멋진 문장들을 서로 나누며 흡족해했다.

그 경험을 바탕으로 우리는 글을 꾸준히 썼고 회원들의 만족도는 더욱 높아졌다. "이러다가 단체로 상을 휩쓰는 거 아냐?"라며 수상을 기대하기도 했다. 하지만 공모전 결과는 혹독했다. 참가한 네 명의 회원 중 나만 우수상을 수상, 100만 원의 상금을 받았다. 다른 분들은 수상을 하지 못해서 무척 아쉬웠지만 한편으로는 운영자로서 면이 좀 살기도 했다.

비록 상을 타지는 못했지만 회원들은 단순한 글 읽기와 아는 내용을 글로 표현하기 간의 차이를 경험했다. 덕분에 글쓰기가 꼭 필요한 과정이라는 점을 실감하게 되었다. 이후 우공의 책읽기에서 글쓰기 모임도 새롭게 열었다. 이 모임에 13명의 회원이 신청한 것을 보고 독서모임이 한 단계 발전하고 있다고 생각했다.

'책 읽는 송파' 만들기 프로젝트

○ ○ ○

요즘 독서모임이 많이 생기고 있다. 내가 근무하는 송파구만 해도 인터넷으로 검색하면 4~5개 정도는 쉽게 찾을 수 있다. 살펴보면 모두 나름의 방식으로 알차게 운영되는 듯하다. 독서모임은 보통 2~3개 프로그램으로 구성돼 소규모로 진행되지만 대개는 2~3년을 주기로 부침을 거듭하거나 아예 없어지기도 한다.

모든 운영자가 그렇겠지만 나 역시 우공의 책읽기를 다른 곳과 구별되는 또렷한 장점을 지닌 독서모임으로 키우고 싶다는 욕심이 있다. 무엇보다 모임을 오래 유지하고 싶다. 여기서 나아가 더 큰 꿈도 꾼다. 바로 '책 읽는 송파'이다. 송파구의 모든 시민들이 책을 손에 들고 어딜 가나 삼삼오오 책을 읽고 토론하는 모습을 꿈꾼다. 얼마나 가슴 뛰는 일인가.

생각이 여기까지 이르자 마음이 급해진다. 우공의 책읽기를 본점으로 삼고 송파 27개 동에 1개씩 독서모임 지점을 늘리고 싶다. 우공의 책읽기와 각 동의 독서모임을 묶어 서로 교류하고 지원하면서 창의적인 모임으로 확대 재생산하는 것이다. 저자를 초청해 북 토크도 하고 북 페스티벌도 여는 마중물과 같은 독서모임을 만들고 싶다.

이런 꿈을 이루려면 운영자가 많아야 한다. 다양한 시도를 하려면 의기투합할 수 있는 동지가 필요했다. 외부에서 함께할 사람을 찾을 수도 있겠지만 모임의 연속성을 위해서는 회원들과 의견을 모으는 일이 중요했다.

책을 좋아해서 모인 자리이기 때문에 회원들의 숨겨진 재능은 모임 속에서 오롯이 드러난다. 회원들에게 적절하게 의견을 구하면 열정적으로 변해 "모임에서 이렇게 하면 좋겠어요."라고 적극적으로 방안을 제시하기도 한다. 그들과 운영자의 고민을 공유하면 다양한 독서모임을 활성화할 기회가 만들어진다. 물론 본인이 모임을 운영할 결심이 서기까지 시간이 좀 걸릴 수도 있지만 일단 마음을 열면 그다음부터는 일사천리로 진행된다.

회원이 직접 주제를 정하고 책을 고르고 토론 자료를 작성하는 운영자가 되면 프로그램이 다양하고 풍성해지면서 모임은 활기를 띤다. 예를 들어 글쓰기 강사로 활동하는 회원이 글쓰기 모임을 만들었는데 반응이 뜨거웠다. 우리는 그분에게 더욱 친근감을 느꼈고 그분의 새로운 모습에 놀라면서도 즐거웠다.

회원을 운영자로 섭외하는 과정은 사실 조심스럽다. 그래서 한 사람 한 사람 세심히 살폈고, 함께할 수 있을지 생각하고 또 생각했다. 고민이 확신으로 바뀔 때 주저 없이 운영자가 되어 달라고 요청했고 상대는 흔쾌히 수락해 주었다. 이후 우공의 책읽기가 추구하는 방향을 그들과 공유했다. 그들의 취향을 고려해 다양한 독서모임 과정을 만들었다. 간단히 소개하자면 ① 성장과 치유의 글쓰기, ② 자아 탐구, ③ 일기, ④ 클래식 홀릭, ⑤ 여행, 이렇게 다섯 개의 프로그램이다.

독서의 끝은 글쓰기라는 말처럼 글쓰기 관련 도서를 읽고 실제로 글을 써 보는 1번 모임이 가장 인기였다. 나머지는 주제에 맞는 책을 선정해 읽는 모임이다. 2번 '자아 탐구'는 '나는 누구인가'라는 질문의 답을 찾기 위한 여정으로 에리히 프롬, 헤르만 헤세, 페터 한트케의 작품을 선정했다. 3번 '일기'는 책 제목 중 일기가 들어간 작품을 골라 인간의 후회, 미련, 소망 등을 찾아보는 모임으로 다니엘 페나크, 조르주 베르나노스, 롤랑 바르트, 장 주네의 작품을 선정했다.

4번 '클래식 홀릭'은 고전을 읽는 프로그램이다. 너무 유명해서 오히려 외면하게 되는 제프리 초서, 셰익스피어, 제인 오스틴의 작품을 선정했다. 5번 '여행'은 프랑스의 『르 몽드』가 선정한 세계 문학 100권을 여행하듯 읽는 과정이다. 여행 과정은 매달 두 권씩 5년 동안 읽을 거대한 도전이기에 애착이 간다.

이렇게 많은 모임을 만들었을 때 처음에는 회원 모집이 걱정이었다. 그런데 '공급이 새로운 수요를 만든다'는 말처럼 다행스럽게도 새로운 분들이 많이 참여해 주었다. 한 가지 분명한 점은 좋은 책과 주제를 가진 과정은 충분히 사람들의 주목을 받을 수 있다는 사실이다.

앞으로도 꿈을 담은 '책 읽는 송파' 만들기 프로젝트에 노력을 기울일 것이다. 직접 운영할 회원이 있다면 과정을 늘리면서 자신만의 색을 입힌 새로운 독서모임을 만들도록 함께 머리를 맞댈 것이다.

코로나 시대의 독서모임

○ ○ ○

요즘은 코로나19가 주인공이다. 온 세상이 코로나로 가득해 손에 잡히고 발에 치일 정도다. 도대체 안전한 곳이 어디인지 가늠할수 없는 시대이기도 하다.

코로나가 촉발한 사회적 거리 두기는 독서모임에도 큰 영향을 끼쳤다. 도저히 모임을 어떻게 해 볼 수 없는 난관을 만난 것이다. 갑자기 닥친 공백은 책 속에 파묻혀 있던 나에게 커다란 상실감으로 다가왔다. 막막했지만 무작정 모임을 강행하기도 어려운 일이었다. 고민 끝에 우공의 책읽기의 모든 모임을 취소하고 침묵에 빠졌다.

쉬는 동안 원하나 대표가 우공의 책읽기에서 하던 여행 과정을하나의책에서 열어 보면 어떻겠느냐는 제안을 했다. 단비를 만난듯 그 자리에서 오케이를 외쳤지만 하나의책 독서모임에 누가 되지는 않을지 걱정이 앞섰다.

앞서 말했듯 여행 과정은 프랑스의 『르 몽드』가 선정한 100권의세계 문학을 읽는 모임이다. 소설을 좋아하는 사람들이 다양한 작품을 두루 접할 수 있다는 장점이 있다. 반면에 프랑스 특유의 예술성에 중점을 두고 100권을 선정한 측면도 있어서 책에 대한 호불호가 뚜렷하게 갈린다는 단점도 존재한다. 그래서 재미와 예술성이 조화를 이룰 수 있도록 첫 시즌의 책 구성에 더욱 주의를 기울였다.

우선 주제를 '기억과 믿음'으로 정했다. 삶에서 고정 관념이 얼마나 허무하고 때로는 상처를 주는지를 드러내고, 강요된 프레임의 실체를 폭로하는 작품 위주로 책을 골랐다. 유사한 주제와 다양한 작가의 경험을 우리의 시각으로 해석하고 쟁점을 정리하자는 것이 이번 모임의 취지였다. 고민 끝에 나탈리 사로트의 『어린 시절』, 막심 고리키의 『어머니』, 미시마 유키오의 『금각사』, 이언 매큐언의 『속죄』, 보후밀 흐라발의 『너무 시끄러운 고독』을 선정했다.

그렇게 2020년 가을부터 '하나의책'에서 독서모임을 운영 중이다. 여전히 코로나 상황에 따라 모임이 연기되고 있지만 조급하게 생각하지 않고 세계 일주를 하듯 100권의 책을 회원들과 완독하려 한다. 물론 코로나19가 종식되면 우공의 책읽기도 다시 문을 활짝 열 것이다.

요즘에는 팬데믹 시대에 할 수 있는 온라인 독서모임에도 관심을 갖고 있다. 하나의책에서 시도하는 다양한 온라인 모임들을 지켜보며 가능성을 엿보고 있다. 온라인 모임은 시간과 장소에 구애받지 않는다는 장점이 있다.

반면에 대면 모임보다는 소통이 체계적이지 않고 반응이 즉각적이지 않다. 게다가 기기 활용에 개인차가 심하다는 점도 운영자는 고려해야 한다. 하지만 감염병 시대에 독서모임 갈증을 해소하는 데 이보다 좋은 방법은 없어 보인다. 진지하게 고려하지 않았던 온라인 독서모임을 긍정적으로 평가하면서 새로운 방식의 독서모임도 시도하려고 한다.

독서모임의 기쁨과 뿌듯함

○ ○ ○

하나의책 독서모임에 참여하면서 많은 사람과 사귈 수 있었다. 책을 매개로 해서인지 나이와 성별을 떠나 회원들과 동질감을 느끼며 이야기가 잘 통했다. 참 묘한 일이다. 한 달에 한 번 만나는 분들과 이렇게 쉽게 친해질 수 있다는 사실이 의아하기도 했다. 서로 이해관계가 없어서 편한 것일까, 책의 힘일까.

하나의책에서 모임을 운영하는 분들과 종종 만나 차를 마시기도 했다. 이 만남은 자연스레 '운영자 모임'으로 발전했다. 운영자 모임은 서로를 알아 가는 시간이었다. 각각의 독서모임은 나름의 특색을 가지고 있다. 나는 벤치마킹할 수 있는 부분을 검토했다. 운영자들의 공통 관심사는 각자의 모임 운영 노하우다. 주로 모임 결성, 회원 모집, 도서 선정, 토론 방식에 관심이 많았다. 이 부분에 관해 서로 의견을 나누고 배웠다.

다른 운영자들은 내가 회원들과 도전하는 독후감 공모전에 관심을 보였다. 나는 독후감 공모전과 글쓰기 모임을 연계해 별도의 프로그램을 만들어 보는 방법도 좋다는 의견을 전했다. 글쓰기 모임에서 공모전에 참가하면 글쓰기 동기를 꾸준히 얻을 수 있기 때문이다.

문제는 글쓰기 자체에 의의를 가지면 좋지만 공모전에서 성과를 내지 못했을 경우 모임 동력이 떨어질 가능성도 높다는 점이다. 목적이 뚜렷한 만큼 운영자의 부담이 높을 수밖에 없다. 하지만 회원들과 즐길 수 있는 적당한 선을 찾아 운영하면 또 하나의 의미 있는 독서모임을 만들 수 있다. 언젠가 하나의책에도 공모전에 도전하는 독서모임이 생기리라 기대한다.

당시 다양한 모임을 만들던 나에게 원하나 대표는 "그렇게 모임을 많이 하다가는 지친다."라는 말을 건넸다. 독서모임을 의욕적으로 시작하면서 4개 과정을 한꺼번에 운영하던 때였다. 매주 한 번씩 모임을 진행하기란 만만한 일이 아니다. 본업이 있는 상태에서 무리하면 모임 자체에 회의가 들 수도 있다는 것이 원하나 대표가 걱정한 이유였다. 그런 과정이 반복되면 결국 사소한 일에도 실망하게 되고 모임을 장기간 운영하기가 힘들어진다.

하지만 나는 모임의 양보다는 질에 신경 써서 오래 유지하도록 집중하는 것이 효율적이라는 말을 흘려들었다. 의욕이 하늘을 찌르는 상황이었기에 문제없어 보였다. 그런데 정말 모임이 거듭될수록 너무 힘이 들었다. 매주 한 권의 책을 읽고 발제와 토론 준비를 해야 했다. 일을 하면서 모임을 준비하는 것은 또 다른 노동이었다.

나는 지쳐 갔고 나중에는 억지로 모임에 참여하는 지경에 이르렀다. 의욕조차 잃고 말았다. 간신히 과정을 마무리하고 다음 과정을 준비하면서 의욕을 적당히 조절하는 일이 얼마나 중요한지 깨달았다.

책을 읽고 독서모임에 집중하면서 참으로 다양한 경험을 했다. 그만큼 기쁨을 얻었다. 나이를 먹을수록 마음 한구석에는 허전함이 쌓이고 있었다. 그러다 독서를 통해 삶의 의미를 발견했고 토론을 통해 타인을 폭넓게 이해할 수 있었다. 세상은 모두의 생각이 만나 말과 행위로 어우러져 발현되는 공간임을 새삼 깨닫게 되었다.

어릴 적 채송화를 심었던 기억이 난다. 중학생 때 집으로 가던 길, 손에 든 광고지에는 채송화 씨앗이 끼워져 있었다. 먼지처럼 작은 씨앗을 보며 과연 꽃이 될 수 있을까 의심하면서 뒤뜰에 심었다. 무심하게 하루하루를 보내다 불현듯 생각이 나 찾아간 뒤뜰에는 울긋불긋 화려하게 꽃동산을 이룬 채송화가 가득했다. 생명에 대한 경외로 꽃밭을 한참 바라보았던 기억이 떠오른다.

나이가 50줄에 들어서 책을 만나고 독서모임을 접한 기쁨은 채송화 꽃을 바라보며 상기되었던 중학생의 심정과 같을 것이다. 시작은 미약했고 과정은 힘들었지만 기쁨과 뿌듯함은 하늘처럼 높다. 훗날 퇴직을 한 후에도 단절의 두려움을 넘어 새로운 삶을 시작하고 독서와 독서모임을 함께하는 멋진 할아버지로 남기를 희망한다.

작시성반作始成半,
꾸준한 독서를 위해 독서모임을 만나세요

"요이 땡!"

어릴 적 달리기를 할 때면 심판은 땅바닥에 줄을 긋고 아이들을 세웁니다. 아이들은 심판의 출발 신호를 기다리며 제각기 경직된 표정으로 결승선을 노려봅니다. 심판의 손은 '요이'에 떨리고 '땡'에 땅바닥으로 내리꽂히지요. 그 시간의 빈틈으로 발걸음이 춤을 춥니다. 먼지가 날리고 아이들은 끝점으로 사라집니다.

독서는 달리기와 비슷해 보입니다. 시작할 때 준비가 필요하듯 독서도 책을 준비하고 자리를 잡아야 합니다. 바쁜 생활 속에 첫걸음의 준비는 쉽게 허락되지 않습니다. 설사 시간과 생각이 차고 넘친다 한들 이런저런 핑계로 차일피일 미루어지기 십상입니다. 그래서 독서를 망설이는 모든 이에게 심판이 있는 독서모임을 권하고 싶습니다.

심판은 기준을 제시하고 독자를 채근해 출발선에 세웁니다. 한번 출발

점에 서면 독자는 심호흡을 하고 허리를 곧게 펴고 손을 털고 발목을 돌립니다. 여기까지가 심판의 역할입니다. 심판은 달리지는 않지만 참가자에게 달릴 수 있는 동기를 부여합니다. 그런 의미에서 보면 좋은 심판을 만나는 일은 행운이고 운명입니다.

운명 이후 각자의 독서는 숙명으로 전환될 수 있습니다. 첫 장을 넘길 때의 빳빳한 촉감과 파열음은 책을 보물 상자로 만들며 우리를 흥분에 휩싸이게 합니다. 이 지점부터는 각자의 몫입니다. 그래서 자신과 취향이 맞는 독서모임을 찾는 일이 중요합니다. 나아가 호기심과 만족감을 주는 리더를 만나는 일은 더욱 중요합니다.

찾아보면 직장이나 집 주변에 헤아릴 수 없이 많은 독서모임이 존재합니다. 포털 사이트에서 검색하면 가볍게 접근할 수 있는 모임에서부터 깊이 있는 내용을 다루는 모임까지 각자의 색과 향기를 드러냅니다. 꾸준히 시도한다면 필연으로 다가오는 모임을 만날 수 있을 겁니다.

독서는 우리가 세상과 눈을 마주친 순간부터 지속적으로 듣고 보고 상상을 현실화하는 도구였습니다. 하지만 질리도록 부딪쳐 온 시간은 오히려 삶에서 책을 멀리하는 이유가 되었습니다. 저만 해도 책은 관심 밖이었고, 생활은 일상의 쾌락과 짧은 성취를 향한 의무적인 투쟁일 뿐이었습니다.

저는 지천명인 50이 되어서야 독서를 시작했습니다. 그리고 그동안의 삶이 얼마나 비루하였는지 새삼 깨달았습니다. 일과 후 짧은 생각과 헛된 감정에 빠져 보낸 의미 없는 시간이 아깝게 느껴집니다. 수십 년의 시간을 독서에 할애했다면 인생의 무수한 부침과 변화를 겪으며 더욱 성숙해지고 유의미한 존재로 거듭났을 겁니다. 이제라도 독서의 중요성을 깨달은 것이 얼마나 행운인지 새삼 가슴을 쓸어내립니다.

지금의 저는 독서를 통해 생각의 깊이와 폭을 넓히고 의미를 헤아려 보는 여유를 갖게 되었습니다. 얼마나 소중하고 중요한 일인지요. 그래서 저는 이런 분들에게 독서를 더욱 권하고 싶습니다. 책은 자신과 무관하다고 생각하는 분, 나이가 많아 너무 늦었다고 생각하는 분, 읽고는 싶은데 도대체 어떤 책을 읽어야 할지 모르겠다는 분, 좋은 것도 많은데 없는 시간을 써가며 왜 책을 읽어야 하는지 모르겠다는 분, 책보다 술이 더 좋다고 생각하는 분, 혼자서는 흥미도 안 생기고 읽기도 어렵다는 중년의 남성들입니다.

제가 독서의 의미를 깨닫고 '책의 맛'을 뼛속 깊이 느낀 중년의 남자이기 때문에 더욱 자신 있게 책을 권합니다. 예전의 저처럼 무료하게 시간을 보내는 분들이 안타깝게 느껴져 함께 읽기를 소개하고 싶었습니다. 지금 이 글을 쓰는 이유이기도 합니다.

책은 마음의 양식을 쌓을 뿐만 아니라 실생활에 응용하면 삶을 풍요롭게도 합니다. 저는 구청에서 세무 업무를 담당하고 있습니다. 책을 읽기 시작하면서 '세금'의 부정적 이미지를 개선하고자 독후감 대회를 개최해 세금의 취지와 의미를 알릴 수 있는 신규 사업을 제안했습니다. 시민들과의 소통에 독서모임을 활용하면서 저만의 장점을 가지게도 되었습니다. 책은 이렇게 큰 자산이 되었고 어려움을 참고 인내하는 마음의 여유를 만들어 주었습니다.

단 한 번의 시도로 만족할 수는 없을 겁니다. 최소한 세 번 정도는 시도해 보고 노력한다면 참된 맛을 알게 될 겁니다. 어떤 책이든 좋습니다. 일단 시작하는 것이 중요합니다. 찾아보고 선택해 보세요. 책과 독서, 그리고 독서모임은 노력한 만큼 지금보다 더 나은 삶을 예비할 겁니다. 가장 좋은 시점은 바로 지금입니다. 파이팅!

독서모임에서 배운
타인과 소통하는 법

김 정 란

독서모임 운영자 모임에 참석한 후 계획이
보다 뚜렷해졌다. 독서모임에 참여하면서
자신감이 생기기 시작했다. 정해진 틀에서만
생각하던 일을 실제로 시작할 수 있게
되었다.

생각을 넘는 독서모임

○ ○ ○

나는 심리상담사다. 상담에서는 존중을 바탕으로 위로하면서 스스로 치유하도록 돕는 과정이 중요하다. 살다 보면 누구나 관계에서 갈등이나 어려움을 마주한다. 그런데 12년 넘게 상담을 하면서 만난 내담자들은 대부분 자신에게 문제가 있다고 생각해 해결책만을 찾으려 했다. 하지만 내가 생각하는 상담은 단순한 치료가 아니다. 코칭이나 멘토링을 통한 동행과 공유가 핵심 가치다.

간혹 언어로 상담하기 어려운 경우에는 피규어나 모래 상자, 그림, 악기, 보드게임 등을 활용하기도 한다. 하지만 대부분 상담에서는 대화가 핵심 수단이다. 그래서 내담자와 부담 없이 자연스럽게 소통하면서 심리적 유대감, 즉 편안한 라포를 형성하는 것이 중요하다. 상담을 하면 할수록 무겁지 않으면서도 상대방의 이해를 도울 수 있는 매개체의 필요성을 절감했다. 이런 고민 끝에 찾은 방법이 바로 책을 주제로 소통하는 독서모임이다.

우선 참고할 만한 독서모임이 있는지 살펴봤다. 그러다 인터넷에서 '하나의책' 출판사가 운영하는 '독서모임 운영자 모임' 공지를 봤다. 독서모임 운영자들은 어떤 이야기를 나눌지 호기심이 생겼다. 곧바로 하나의책을 운영하는 원하나 대표님에게 연락을 했고 참석 가능하다는 답을 받았다.

이전에는 책을 누군가와 함께 읽는다는 생각을 해 본 적이 없었다. 그래서 독서모임은 어떻게 운영하는지, 어떤 목표나 방향을 정하고 진행하는지 등 궁금한 점이 많았다. 내가 진행하는 심리상담에 도움이 되는 힌트를 얻을 수 있을지도 모른다는 기대와 설렘을 안고 첫 독서모임에 참여했다.

운영자 모임에 가 보니 이미 독서모임을 운영하고 있거나, 독서모임을 잠시 쉬는 분들이 대부분이었다. 저마다의 경험을 자연스럽게 이야기하는 모습을 보면서 내 삶이 단조롭다는 생각이 들었다. 그동안 같은 일상을 반복하며 사물을 평면으로 보았던 나는 모두가 비슷하게 산다고 여겼다. 그런데 독서모임을 하는 사람들의 이야기를 들으니 내가 모르는 영역이나 방식이 많았다. 다양함 속에서 즐겁고 생기 넘치게 살아가는 그들이 부러웠다.

운영자 모임을 통해 다양한 형식의 독서모임이 가능하다는 사실을 배웠다. 그러자 이번에는 직접 경험하고 싶다는 생각이 들었다. 당장 하나의책에서 참여 가능한 모임을 알아보니 단테의 『신곡』 읽기가 있었다. 망설임 없이 참가 신청을 하고 3편의 시리즈로 된 『신곡』을 주문했다.

『신곡』은 학창 시절에 읽은 작품이다. 오래전이라 기억이 어렴풋했지만 독서모임에서 다시 읽으면 분명 지식이 뚜렷해지리라 기대했다. 그런데 『신곡』은 다시 읽어도 어려운 책이었다. 작품 속 상황을 이해하며 읽는 재미는 느꼈지만 세계사나 문학적인 배경 지식이 얕으니 긴 서사시가 점점 버거워졌다. 내용을 온전히 이해하면서 읽으려니 부담스러웠다. 그래서 일단은 완독을 목표로 정했다. 부담을 내려놓으니 읽기가 조금은 나아졌지만, 여전히 서사시로 이어지는 내용을 완전히 이해하기는 어려웠다.

『신곡』 독서모임 날이 다가올수록 은근히 걱정이 되었다. 쉽지 않은 책의 내용을 어떻게 이야기해야 할지 고민되었다. 그런데 독서모임에서 회원들과 다양한 생각을 나누다 보니 혼자 읽을 때보다 내용에 깊이 빠져들었다. 운영자는 참여한 회원들이 골고루 생각을 표현하고 의견을 나눌 수 있도록 분위기를 이끌며 배려해 주었다.

특히 한 회원은 신곡을 이해할 수 있는 그림을 공유해 주었고, 지옥과 연옥 그리고 천국으로 연결되는 『신곡』의 배경도 상세히 설명해 주었다. 시대 배경이나 보충 자료를 통해 책을 다시 한번 읽는다는 느낌이 들었다. 그리고 회원들과 대화를 나누면서 좁고 견고했던 생각의 영역을 확장할 수 있었다. 책을 통해 타인의 시각을 만날 수 있다는 사실을 처음으로 깨달은 경험이었다.

독서모임을 통해 미처 몰랐던 내 독서 편식 습관도 알아차렸다. 어릴 때부터 책을 좋아하기는 했지만 독서는 시간이 있거나 분위기가 좋을 때 주로 도서관에서 내가 고른 책을 읽는 행위라고 생각했다. 그런데 독서모임에서 선정한 책을 읽고 다양한 생각을 표현하는 경험을 하면서 생각이 바뀌었다. 책은 어디서나 늘 읽을 수 있는 것이다. 독서모임 책을 완독하는 일이 때로는 과제처럼 느껴지기도 하지만 자발적인 강제성은 다양한 책을 지속적으로 읽게 만든다.

그렇게 『신곡』을 시작으로 하나의책에서 진행하는 '작은 사업을 하는 사람들의 모임'에도 가입했다. 나처럼 작은 사업을 하려는 분들 그리고 실제로 하는 분들과 함께 『90년생이 온다』, 『명견만리』 등을 읽고 이야기를 나눴다. 실질적인 사업 이야기도 오간 꽤 유용한 모임이었다.

나는 혼자 시도하면서 겪는 시행착오를 줄이기 위해 책을 읽는 사람들과 함께 생각하고 고민하기로 했다. 독서모임에서 책과 사람을 매개로 자신을 돌아보고 위로하는 과정을 공부해 내가 하고 싶은 일에 연결할 수 있을 것 같았다. 다양한 모임에서 새로운 아이디어를 찾고 프로그램으로 구성해 보고 싶은 욕심이 생겼다. 그렇게 오래 이어질 것 같은 기대와 함께 나의 독서모임은 본격적으로 시작되었다.

독의 꽃으로 살아가기

° ° °

독서모임에서 배움과 흥미를 얻은 이후 다른 모임에도 가입하려고 하나의책 블로그를 주시했다. 그러다 '내 인생 최고의 책' 독서모임 공지를 발견했다. 발 빠르게 참가 신청을 하고는 먼저 소설 『내 인생 최고의 책』을 읽었다. 원하나 대표님이 그 소설을 읽고 만든 일 년짜리 모임이 내 인생 최고의 책 독서모임이기 때문이다. 책을 통해 관계의 어려움을 이겨 내는 에이바의 감정에 공감하며 소설을 읽었다. 그러다 내가 독서모임을 하는 이유를 확신하게 만든 문장을 발견했다.

> 책이라는 게 살아가는 데 도움이 될 거라고 생각했던 적이 한 번도 없었어요. 그런데 솔직히, 오늘밤 독서모임 때문에 이 책을 다시 읽는데 시간 여행이니 뭐니를 생각하니까 기분이 한결 나아지더라고요.[1]

그런데 2020년 1월에 시작된 내 인생 최고의 책 독서모임은 코

---

1 앤 후드, 『내 인생 최고의 책』, 권가비 옮김, 책세상, 436쪽

로나에 직격탄을 맞았다. 1월과 2월 모임 이후 사회적 거리 두기가 시작되면서 오프라인 독서모임이 중단되었다. 코로나는 일상을 멈추게 했다. 모임을 기약할 수 없는 상황이 답답하고 아쉬웠지만 책을 읽으면서 기다렸다. 한 달 만에 코로나 방역 수칙을 지키면서 조심스럽게 독서모임을 한다는 연락을 받았다. 그렇게 재개된 독서모임 내내 회원 모두가 마스크를 착용했다. 얼굴을 제대로 보지 못해 아쉽기도 했지만 이렇게라도 모임을 할 수 있어 다행이었다.

그날 함께 읽은 책은 김수철 작가의 『독의 꽃』이다. 독특하고 강렬한 소설이었다. 모임에서는 전반적인 소감, 등장인물에 대한 저마다의 생각, 각자 하고 싶은 이야기 등을 공유했다. 책을 읽으면서 회원들의 생각이 궁금했는데 선과 악, 독과 약, 해독과 정화 등의 소설 속 비유에 대해 다양한 의견이 쏟아졌다. 내 생각과 비슷한 발언도 있었고 전혀 다른 각도의 관점도 있었다.

소설을 읽다 보면 작가의 의도를 쉽게 알아차릴 때도 있지만 적극적으로 고민하면서 찾아야 할 때도 있다. 독서모임은 이 고민 과정을 독자들과 함께하는 장이다. 때로는 등장인물을 과감하게 평가하기도 하면서 독후감을 풍성하게 나누는 곳이다. 『독의 꽃』 독서모임에서도 "작가가 여성 캐릭터를 납작하게 만든 것 같다."라는 한 회원의 표현이 흥미로웠다. 소설 속에서 여성의 존재가 확실하게 드러나지 않아서 그런 생각을 했다는 설명을 들으니 공감이 되었다.

모임을 마치고 집으로 돌아와 "살아 있는 모든 것은 독이다."라는 작가의 표현을 떠올렸다. 생명력이 없이 죽은 것은 독이라 할 수 없고, 누군가에게 영향을 준다는 것은 살아 있음을 의미할 것이다. 그래서 살아 있는 모든 것은 누군가에게 독이 될 가능성이 있다는 의미로 작가의 표현을 이해했다.

나는 누군가에게 어떤 독으로 살아가고 있을까? 모든 살아 있는 것에 독이 있다면 독은 서로 어떤 영향을 미칠까? 독으로 사는 것에 익숙해져서 독을 느끼지 못할 때도 있지는 않을까? 나에게 독이 있음을 인정하고 싶지 않기 때문에 누군가에게 선한 영향력을 끼치고자 노력하며 살아가는지도 모르겠다.

나는 작가가 인간의 불안과 결핍을 독으로 통칭했다고 해석했다. 그렇게 받아들이니 불안감이 높고 결핍이 많았던 나의 지난 시간이 어쩌면 독이었다는 생각이 든다. 독이었던 불안을 알아차리고 인정하는 과정에서 성장 욕구를 핑계로 불평을 계속했다. 하지만 과거의 불안을 인정하고 수용하는 연습을 하면서 독에서 꽃으로 바뀌었다고 믿는다. 독을 꽃으로 바꾸기 위해서는 기다리는 시간이 필요했고 고집을 버려야 했다. 이제는 독서모임을 통해 '내 인생 최고의 책'을 찾고 만들어 가는 시간으로 채우고 있다. 지금까지 살아온 방식과는 다르게, 하고 싶은 일은 일단 경험해 보기로 했다.

나의 리처드 파커 찾기

○ ○ ○

언제부터 책을 좋아했는지는 모르겠다. 학창 시절, 지루하고 길었던 겨울 방학이면 항상 두꺼운 책을 여러 권 집중해서 읽었다. 그런데 성인이 되어서는 책을 읽을 여유가 없었다. 사회생활을 하느라 바빴고 항상 분주하게 무언가를 하고 있었다. 새로운 환경에 적응하느라 정신이 없기도 했고 일상의 무게에 힘든 시간을 보내기도 했다.

그러다 간혹 현실에서 벗어나고 싶을 때면 가까운 도서관을 찾아 아무 생각 없이 책을 읽었다. 주로 자기 계발서나 교훈이 담긴 에세이였다. 이슈나 필요에 따라 가볍게 책을 소비했다. 다양한 책을 읽어야 한다는 생각은 하지 않았다.

그런데 독서모임에 참여하면서부터 답답함을 느끼기 시작했다. 나는 정말 무지할 정도로 필요한 책만 읽으며 살고 있었다. 때로는 말로 건네는 위로보다 책의 짧은 문장이 용기를 준다는 사실을 한참이나 잊고 있었다. 다행히 이제는 다양한 책을 만나는 신선함을 즐기고 있다.

독서모임에서 읽은 『파이 이야기』도 내게는 다양한 독서에 해당한다. 게다가 처음으로 읽은 전자책이기도 하다. 처음이라 그런지

종이책과 달리 읽은 양을 가늠하기가 쉽지 않았다. 양이 꽤 많은 소설이었는데 읽을수록 줄어드는 페이지를 눈으로 보지 못하니 더욱 막막한 느낌이었다. 하지만 전반부를 넘어서자 내용이 보이기 시작했다. 주인공인 파이는 타고 있던 배가 난파해 태평양을 표류하게 된다. 수많은 위험을 겪는 파이의 고군분투가 안타까워 그의 안녕을 기원하며 읽었다.

독서모임은 책을 선정한 회원의 책 소개로 시작되었다. 오래전부터 소장하고 있던 이 책을 모임에서 꼭 함께 읽고 싶었다고 말했다. 예측하지 못한 상황에서 공포와 두려움을 극복하고 스스로를 지켜 낸 주인공을 보며 본인의 경험이 떠올랐다고 설명했다. 그 말을 들으니 파이가 공포와 마주하고 극복하는 순간이 더욱 생생하게 상상되었다. 내 삶에서 예측하지 못한 공포의 순간은 언제였을까? 내가 파이라면 현실을 받아들이고 적응하기 위해 적극적으로 행동할 수 있었을까? 복잡한 생각들이 꼬리를 물고 이어졌다.

어렸을 적 경험한 공포가 떠오르기도 했다. 초등학교 6학년 때 외갓집인 김천에서 여름 방학을 보내기 위해 사촌 오빠와 함께 내려갔다. 서울에서 학교를 다니던 사촌 오빠는 방학 동안 고향인 김천에서 머문다고 했다. 서울 토박이인 나는 시골에 가 보고 싶어 오빠를 따라나섰다. 하지만 막상 시골에서 지내니 너무 심심했다. 할 수 있는 것도, 볼만한 것도 거의 없었다. 무엇보다 또래 친구가 없어 집 생각이 간절해졌다.

결국 나는 혼자라도 돌아가겠다며 고집을 피워 서울행 기차를 탔다. 서울역에 도착하니 아홉 시가 훌쩍 지나 깜깜한 밤이었다. 난생처음 어두운 세상에 혼자 남겨졌다는 기분이 들었다. 서울역에서 1시간 이상 걸리는 집까지 홀로 찾아가야 하는 상황이었다. 덜컥 겁이 났다.

긴장을 심하게 해서인지 서울역에서 버스를 잘못 타고 말았다. 겨우겨우 다시 버스를 갈아타고 집 근처에 도착했다. 버스에서 내려 집까지 걸어가던 그때의 밤길을 떠올리면 지금도 두려움이 밀려온다. 가로등이 없어 어두웠고, 거리에는 인적이 없었다. 게다가 그 시절에는 야간 통행금지 제도도 있었다. 밤 12시부터 새벽 4시 사이에는 일반인의 통행이 금지되었다. 통금 시간인 12시 전에는 집에 도착해야 한다는 생각이 간절했다. 결국 기진맥진한 상태로 겨우 집에 도착했다.

사실 어떻게 집을 찾아갔는지도 모르겠다. 걷는 동안 뒤를 돌아보고 또 돌아보았다. 바스락 소리에도 겁을 먹고 앞만 보며 뛰었던 기억이 난다. 그때의 엄청난 공포감은 지금도 생생하다. 여전히 어두운 밤에는 혼자 돌아다니지 못한다. 12시 통금에 대한 강박으로 오랫동안 힘들기도 했다. 그날 밤의 몇 시간은 내 인생에서 가장 길고 무서운 시간이었다.

『파이 이야기』에서 동물들과 태평양에 표류하게 된 파이는 공포의 시간과 예측 불가한 상황을 현실로 인정하면서 차츰 적응해 간다. 유일한 생존 파트너인 호랑이, 리처드 파커와의 공존 전략을 세우고 새로운 경험을 하며 태평양에서 버틴다. 위험한 상황에서도 생명의 위협을 견디며 227일 만에 육지에 도착한다. 파이를 생존하게 한 힘은 과연 무엇이었을까? 중요한 점은 살아야 한다는 파이의 의지와 리처드 파커의 존재감이었다고 생각한다. 파이에게 리처드 파커가 있었듯이 우리 각자에게도 그런 존재가 있지 않을까?

2년 전 진행했던 프로그램이 떠오른다. 나는 성인 문해 교육을 12년째 해 오고 있다. 성인 대상 상담과 진로 교육도 병행하고 있다. 모든 상담과 교육은 지속적으로 이어져야 평생 교육으로 발전할 수 있다. 하지만 경제적으로 어려운 분들에게는 쉬운 일이 아니었다. 이런 상황을 안타깝게 생각하던 차에 한국 사회적 기업 진흥원에서 창업 지원을 한다는 정보를 접했다. 모두에게 열려 있는 평생 교육 프로그램을 운영하는 사회적 기업을 시작하자고 마음먹었다.

우선 뜻이 같은 분들과 팀을 꾸렸다. 우리는 중장년을 대상으로 하는 교육 프로그램을 개발하기 위해 사업 계획서를 작성했다. 한국 사회적 기업 진흥원에 예비 창업자로 사업 제안을 했고 창업 준비팀으로 선정되었다. 처음에는 팀원들과 무엇이든 할 수 있으리라 기대했다. 그런데 본격적으로 일을 시작하자 삐걱거리기 시작했다. 진흥원에서 정한 세부 지침을 확인하고 처리하면서 팀원들과 조금씩 갈등이 생겼다. 아이디어 회의를 할 때마다 '함께할 수 있을까?' 하는 불안이 커졌다.

지원받은 사업비는 대표나 팀원의 인건비로 사용할 수 없는 규정이 있었다. 그래서 창업을 준비하는 동안 팀원들의 수입을 보장하기가 어려웠다. 그들을 위한 수익 구조를 대표가 직접 만들어야 한다는 부담감이 무겁게 느껴졌다. 팀원들 역시 수입이 보장되지 않는 상황에서 적극적으로 협력하기에는 현실적인 한계가 있었다. 결국 창업 파트너와 공동의 이익을 추구하기가 쉽지 않다는 사실을 절감했다.

나 역시 파이처럼 창업이라는 배를 타고 태평양이라는 세상을 표류하는 기분이다. 앞으로 새로운 일을 하면서도 이런 상황은 빈번할 것이다. 파이가 태평양에서 항해를 포기하지 않았듯이 나도 창업이라는 여정을 어떻게 할지 계획을 세우고 마음을 다잡는다. 나를 살아가게 하고 사업을 유지할 수 있도록 끊임없이 동기를 부여해 주는 나만의 리처드 파커를 찾아야겠다.

보는 것과 보이는 것

◦ ◦ ◦

독서모임에는 책의 내용을 넘어 덤으로 얻는 생각들이 있다. 덕분에 책을 다시 한번 풍성하게 읽는 느낌이 든다. 은희경 작가의 『새의 선물』을 읽고는 12살 주인공이 언급한 '보이는 나'와 '바라보는 나'를 계속 생각했다.

> 누가 나를 쳐다보면 나는 먼저 나를 두 개의 나로 분리시킨다. 하나의 나는 내 안에 그대로 있고 진짜 나에게서 갈라져 나간 나로 하여금 내 몸 밖으로 나가 내 역할을 하게 한다. …… 그때 나는 남에게 '보여지는 나'와 나 자신이 '바라보는 나'로 분리된다.[2]

우리는 남에게 보이는 모습을 중요하게 여길 때가 많다. 독서모임에서 '보이는 나'와 '바라보는 나'에 대한 생각을 회원들과 나누었다. 두 모습이 일치해야 하는지, 아니면 서로 달라도 되는지 의견이 분분했다. 나는 타인에게 보이는 것보다 내가 나를 보는 것,

---

2　은희경, 『새의 선물』, 문학동네, 23쪽

즉 '바라보는 나'에 더 치중하는 편이다.

심리상담을 하다 보면 스스로 자존감이 낮다는 사람들을 종종 만난다. 그들은 대부분 다른 사람의 시선이나 지적, 평가 등에 예민한 반응을 보인다. 관계가 불편해지거나 일이 원하는 대로 안 되면 자신에게 책임을 돌리거나 자존감이 낮아서 그렇다고 받아들인다. 또한 자신을 저평가하는 것에 익숙한 경우가 많다. 하지만 자신을 낮추는 경향은 겸손과는 다르다.

살아가면서 겪는 대부분의 불편한 상황은 하나의 원인에서 발생한다고 볼 수 없다. 그럴 때는 나와 타인 그리고 상황이라는 세 가지 영역으로 분리해서 생각할 필요가 있다. 자신이 문제라고 생각하면 객관성에서 멀어져 지나치게 주관적인 판단을 하기 쉽다. 다른 사람의 평가나 판단에 신경을 쓰다 보면 자신이라는 영역이 점점 줄어들고 자존감은 저절로 낮아진다. 타인의 시선을 바꾸는 것은 자기 생각을 바꾸는 것보다 훨씬 더 어렵다. 생각의 중심을 타인에서 자신으로 바꿔야 한다. 이기적으로 살라는 의미가 아니다. 진정한 자신의 모습으로 자기답게 살아야 한다는 뜻이다.

하고 싶은 일이 많은 요즘, 나는 독서모임을 시작하면서 활기찬 에너지를 충전하고 있다. 독서모임 회원들과의 연결을 통해 진정한 내 모습을 만난다. 흥미롭고 즐거운 일이 끊임없이 생긴다는 것은 또 다른 희망이다. 나이가 들수록 하고 싶은 일을 실행하기보다는 주춤거리게 된다. 나는 살아가는 동안 경험하지 못했던 일에 도전해 보려고 한다. 성공 여부는 중요치 않다. 가장 먼저 해 보고 싶은 일은 다양한 활동 프로그램으로 사람들과 함께 배움을 공유하는 작업이다.

독서모임 운영자 모임에 참석한 후 계획이 보다 뚜렷해졌다. 독서모임에 참여하면서 자신감이 생기기 시작했다. 우물 안 개구리처럼 정해진 틀에서만 생각하던 일을 실제로 시작할 수 있게 되었다. 작은 출판사를 운영하는 원하나 대표님의 경험담을 들으면서 나는 어떻게, 왜 창업하고 싶은지를 끊임없이 생각했다. 창업이나 독서모임 운영이 같은 맥락이라고 생각하니 접근이 한결 쉬웠다. 어떤 일을 시작할 때 확신이 없다면 자신이 하고 싶거나 좋아하는 것을 시작하면 된다.

심리 독서모임 만들기

○ ○ ○

독서모임에 참여하면서 사람들과 소통하는 다양한 방법을 배웠다. 생각의 영역도 확장할 수 있었다. 이런 즐거움을 공유하기 위해 독서모임을 직접 운영하고 싶다는 생각이 들었다. 마침 원하나 대표님이 심리 독서모임 운영을 제안했다. 심리상담사가 꾸리는 심리 독서모임이 흥미롭고 유익할 것 같다는 의견이었다. 흔쾌히 하겠다고 대답했다.

대표님과 일정을 협의하고 어떤 책을 어떻게 읽을지 고민했다. 나는 전문 심리상담사로 활동하면서 마음이 어렵고 힘든 사람들을 많이 만나 왔다. 그래서 심리적 어려움을 경험했거나 자신의 심리를 알아 가고 싶은 사람들과 함께 스스로를 능동적으로 이해하는 기회를 만들고 싶었다. 그러다 나도 답을 얻어 해결하고 싶은 주제인 불안을 깊이 있게 배워 보기로 했다. 상담이나 교육으로 만났던 사람들이 가지고 있는 크고 작은 심리적 어려움 중 하나가 불안이었다. 심리 독서모임을 통해 불안의 실체를 알아보고 이해하여 자가 치유의 기회를 얻을 수 있으면 좋겠다는 마음이었다.

우선은 몸을 제대로 아는 것이 중요하다는 생각으로 책을 선정했다. 신체와 심리가 어떻게 유기적으로 연결되는지 이해하는 데 도움이 될 만한 네 권의 책을 선정했다. 바로 『몸이 아니라고 말할 때』, 『불행은 어떻게 질병으로 이어지는가』, 『나는 불안과 함께 살아간다』, 『내 안의 가짜들과 이별하기』이다. 심리를 전공했거나 공부하는 상담사들의 조언과 책의 정보를 참고해 읽는 순서를 정했다. 모임은 총 4회로 매월 셋째 주 토요일 오전 10시 30분에 진행하기로 했다.

심리 독서모임에서는 누구나 느끼는 심리적 불편감이나 일상의 슬럼프를 스스로 극복하고 치유하는 연습을 한다. 책을 읽고 이야기를 나누면서 스트레스를 조절하는 기능을 배우고 지금의 모습도 괜찮다는 점을 알아 간다. 심리학자 로저스는 인간 중심 상담 이론을 바탕으로 누구에게나 자기실현 경향성이 있다고 했다. 이는 누구나 자신의 문제를 스스로 극복할 수 있다는 뜻이다. 우리 모두에게는 저마다의 문제를 치유하고 이겨 내는 능력이 있다. 다만 방법을 모르거나 알아차리지 못할 뿐이다.

이런 취지로 심리 독서모임을 기획하고 회원 모집을 시작했다. 모집 공지를 올린다는 대표님의 연락을 받으니 시험 합격 여부를 기다리는 사람처럼 기대와 걱정이 교차했다. 어떤 회원들과 무슨 이야기를 하면서 모임을 운영할지 설렜다. 한편으로는 조금 더 먼저 심리를 공부했다는 것만으로 독서모임을 쉽게 생각하지는 않았는지 조심스럽기도 했다.

생각보다 빠르게 회원 모집이 마감되었다는 소식을 들었다. 회원들과 무엇을 할지 진지하게 고민했다. 4권의 책을 읽고 나눔의 시간에 함께할 일을 다시 한번 점검했다. 첫 모임부터 마지막 모임까지 스스로를 객관화하는 데 도움이 되는 간단한 심리 테스트 자료도 꼼꼼히 준비해 두었다.

그런데 첫 모임을 앞두고 개인적인 사고가 생겼다. 모임 전날, 사무실 벽에 못을 박다가 의자에서 미끄러져 떨어진 것이다. 처음에는 너무 놀라 아픈 줄도 몰랐다. 시간이 지나자 왼발 엄지발가락이 부어오르며 멍이 번지기 시작했다. 다행히 발가락은 움직일 수 있어서 가벼운 찰과상이라 생각했다. 오후 상담을 위해 양주 센터를 방문할 때도 통증은 있었지만 곧 괜찮아질 거라 여겼다. 그런데 퇴근 시간이 다가올 즈음 통증이 점점 심해졌다. 발이 심하게 부어 신발을 신을 수 없을 정도가 되었다.

상담을 끝내고 귀갓길에 정형외과에 들렀다. 미세한 골절이라는 진단을 받고 물리 치료와 깁스를 했다. 병원에 가기 전에는 다음 날 예정된 나의 첫 독서모임을 할 수 없을지도 모른다는 생각에 불안했다. 그런데 치료를 마치고 약을 처방받으니 마음이 한결 편안해졌다. 걷기가 불편하기는 했지만 왼쪽 발이라 다행히 운전에는 지장이 없었다.

우여곡절 끝에 첫 심리 독서모임이 시작되었다. 돌아가면서 자기소개를 하고 신청한 계기도 이야기했다. 공무원 준비를 하는 회원, 공무원인 회원, 슬럼프로 쉬는 동안 인생 진로를 변경한 회원,

부부가 함께 신청한 회원 등 다양한 분들이 모였다. 참가 이유 역시 자신을 돌아보고 싶어서, 아이 양육에 유익할 것 같아서 등등 가지각색이라 흥미로웠다.

첫 번째 책은 『몸이 아니라고 말할 때』였다. 책 이야기를 하기 전에 우선 객관적으로 자기 무의식을 경험할 수 있는 도형 심리 테스트 1을 실시했다. 네모, 세모, 원, S의 네 가지 도형을 통해 무의식이라고 하는 심리를 이해하는 방법이다.

일단 네 가지 가운데 각자가 선호하는 도형을 선택해서 두 개의 네모 틀 안에 그린다. 각자 선호하는 도형에 따라 다른 특징이 존재한다. 네모는 안정 중심, 세모는 일이나 성과 중심, 원은 관계 중심이다. S는 통제를 부담스러워하고 틀에 갇히는 것을 힘들어하는 특징을 나타낸다. 이를 회원들에게 간단하게 설명하고 타고나는 기질과 환경에 의해 만들어지는 성격에 대해 이야기했다.

이후 본격적으로 책을 읽은 소감을 나누기 시작했다. 『몸이 아니라고 말할 때』는 수백 명이 넘는 천식·암 환자의 삶과 경험을 인터뷰한 내용이 담긴 책이다. 인간의 마음과 몸 그리고 트라우마의 관계를 파악하는 과정이 기록되어 있다.

우리 몸에는 바이러스에 대항하는 면역 체계가 있다. 그런데 심리도 마찬가지다. 마음이 힘들면 스스로를 보호하기 위해 방어 기제가 작동한다. 회원들과 스트레스나 내면의 어려움을 견디는 각자의 방어 기제에 관한 이야기를 나눴다. 내가 오랫동안 사용했던 방어 기제는 합리화였다. 스트레스나 불안한 상황이 생기면 일단 뒤로 물러나서 긍정적으로 생각했다. 그리고 어쩔 수 없었다며 내 잘못이 아니라고 합리화했다.

어떤 회원은 스트레스를 표현하지 않고 참다가 나중에 힘들어졌던 경험을 이야기했다. 다른 회원은 힘들거나 소진되었을 때 도망가는 회피 성향인 것 같다고 말했다. 몇 년을 참다가 결국에는 하던 일을 그만두고 다른 일을 선택했다는 회원도 있었다. 그는 스트레스로 탈모까지 경험했지만 새로운 일을 시작한 지금은 편안하다고 했다.

심리학에는 신체화 증상이라는 용어가 있다. 수년에 걸쳐 다양한 신체 증상을 반복적으로 호소하지만 내과적으로는 아무 이상이 없으며, 신체 질환이 아닌 심리 요인이나 갈등 때문에 나타난다고 판단되는 증후군이다. 다른 말로 브리케 신드롬Briquet's syndrome이라고도 한다. 무조건 참거나 억압하지 않고 적절한 방어 기제를 사용해 몸과 마음의 건강을 챙겨야 한다는 사실을 기억하자고 다짐하며 독서모임을 마무리했다.

처음 진행한 심리 독서모임을 무사히 끝냈지만 생각은 오히려 더 많아졌다. 회원들과 좀 더 깊이 있는 대화를 나누는 것이 좋을지, 아니면 일반적인 대화를 폭넓게 나누는 것이 좋을지 고민해 보기로 했다.

코로나 시대의 책 여행

° ° °

가을이 되면 여행을 떠나고 싶은 마음이 간절하다. 매달 한 번 이상은 지방으로 산행을 다녔는데 코로나 시대에는 마음 편히 떠나지 못한다. 예전처럼 마음 놓고 여행할 때를 기다리면서 책이나 실컷 읽어야겠다고 생각했다. 그리고 더욱 다양한 독서모임에 참여하겠다고 결심했다. 혼자 읽다가 어느 순간 슬그머니 포기하는 일을 방지하기 위해서다.

하나의책에는 온라인 독서모임도 많이 있다. 거리 두기 영향을 받지 않고 꾸준히 참여할 수 있다는 장점이 있다. 2020년 하반기에는 다양한 책을 읽고 싶어서 영어 원서 읽기 모임, 고전을 읽는 도장 깨기 모임에 신청했다. 모두 날마다 읽는 모임이다. 여기에 유유 출판사의 '상냥한 지성 시리즈' 세 권을 읽는 모임도 신청했다.

새롭게 독서모임을 시작하면서 읽을 책들을 주문하고 다이어리에 일정을 적어 두었다. 매일 혹은 일주일에 한 번씩 인증하는 숙제(?)가 있기는 하지만 재미있는 일상을 기대하게 했다. 머릿속에 가득한 창업의 부담을 내려놓고 읽고 싶은 책을 만나면서 위로받을 수 있으리라 생각했다.

원서 모임에서는 어렸을 때 만화로 본 적이 있는 『빨간 머리 앤』

을 함께 읽는다. 날마다 리더(운영자)가 정한 분량만큼 읽은 후에 각자 인증 글을 쓰는 형식이다. 리더는 매일 아침 6시와 7시 사이에 하루를 시작하는 응원의 글을 알람처럼 올려 준다. 처음에는 원서 내용을 해석하기보다는 날마다 영어를 만난다는 사실 자체에 만족할 때가 많았다. 원서를 읽으며 바로 해석할 수 있으면 좋겠다는 아쉬움은 영어 공부를 하는 이유가 되었고 점점 익숙해지면서 성취감도 얻었다.

회원들이 여행 중에 알게 되었다며 밴드에 올리는 앤과 관련한 글이나 그림, 사진 등을 보면 어딘가로 함께 여행을 하고 있다는 생각이 든다. 회원들의 생각이나 느낌을 댓글로 공유하면서 잊고 있었던 장면을 떠올리는 재미도 있다. 이처럼 회원들은 꽤 긴 일정을 함께하면서 서로에게 의지와 용기가 되어 준다.

도장 깨기 모임에서는 혼자 완독하기 어려운 책을 운영자가 정한 분량만큼 읽은 후 트래커에 체크한다. 매주 1회, 독서 인증 사진을 밴드에 올리는 미션도 있다. 도장 깨기 모임을 통해 『오뒷세이아』를 완독하고 단테의 『신곡』 읽기에 합류했다. 2019년 초에 독서모임을 하면서 한 번 읽었지만 도장 깨기 모임에서 만난 『신곡』은 전혀 다른 느낌이었다.

2019년의 오프라인 모임에서는 지옥, 연옥, 천국을 매월 한 권씩 읽고 모였었다. 반면에 도장 깨기 모임은 매일 정해진 분량을 과제처럼 읽는 방식이다. 특히 운영자가 밴드에 올려 주는 배경 정보가 독서에 큰 도움이 되었다. 일단 책을 읽기 전에 배경 지식을 습득하니 독서가 한결 수월했다. 또한 책을 읽은 후에도 생각할 거리가 풍부해지며 앞뒤 내용을 자연스럽게 연결할 수 있었다. 날마다 게시되는 참고 자료를 읽다 보면 스토리에 대한 이해가 깊고 넓어진다. 자료에는 이미지까지 포함되어 있어 텍스트로 연결된 서사시를 더욱 풍부하고 입체적으로 느낄 수 있었다.

상냥한 지성 시리즈를 읽는 독서모임 역시 밴드로 진행되었다. 다만 도장 깨기와는 달리 매월 각자 알아서 한 권을 읽고 리더가 준비한 발제문에 댓글로 답하는 방식이다. 상냥한 지성 시리즈 읽기는 존재감이 희미해진 오래된 진리를 꺼내 먼지를 털어 내고 다시 새로운 인식 구조를 만드는 작업이었다.

특히 책을 읽고 발제문을 통해 생각을 정리할 수 있다는 점이 좋았다. 운영자의 고민이 담긴 발제문은 훌륭한 사유의 도구다. 덕분에 생각이 단답형으로 끝나지 않고 계속 연결된다. 댓글을 적는 회원들의 생각도 가볍지 않아 소리 없는 울림이 있다. 흔적 없이 쉽게 날아가는 말이 아니라, 기록이 남는 글로 정리한 생각은 한층 차분하고 깊이가 있다.

자신을 알아 가는 심리 독서모임

∘ ∘ ∘

여러 모임에 참여하는 동시에 직접 운영하는 심리 모임도 꾸준히 진행했다. 두 번째 책은 『불행은 어떻게 질병으로 이어지는가』였다. 의사인 저자는 환자들이 아동기에 겪은 부정적인 경험을 연구했다. 이를 토대로 어린 시절의 트라우마가 건강에 미치는 영향을 강조하며 치료 과정을 기록했다.

이번에도 책 이야기를 하기 전에 도형 심리 테스트 2(심화 과정)를 실시했다. 원, 세모, 계단, 더하기, 네모, 하트 등 도형 여섯 개를 통해 각자 생각하는 이미지를 완성하고 주제를 적어 표현하는 방식이다. 각자 그린 도형을 보면서 내가 보는 나, 남이 보는 나, 세상을 보는 나, 현실 외의 이상적인 생각의 나, 내가 생각하는 가족, 내가 생각하는 사랑의 의미를 떠올린다. 이를 통해 미처 생각지 못했던 자신의 모습을 보다 객관적으로 살펴볼 수 있다.

어디까지나 독서모임 전에 가볍게 진행하는 테스트이다. 하지만 회원들은 자신에 대한 궁금증이 많아서인지 매우 적극적으로 참여하고 진지하게 결과를 받아들인다. 자신이 가장 어려워하거나 불편하게 생각하는 점을 알아차리고, 자신과 성향이 다른 상대에게 느끼는 거리감이나 차이점에 대한 의견을 표현한다. 제대로 상담을 시작하면 한없이 이어질 것 같아 구체적인 내용은 따로 안내하기로 했다.

책 이야기를 하면서는 어린 시절의 부정적 경험이 질병으로 이어졌던 사례를 공유했다. 스스로 위로하고 공감하는 방법을 회원들과 나누고 싶었기 때문이다. 사람들은 대부분 타인, 특히 가까운 지인에게 위로와 공감을 기대한다. 그리고 그것이 채워지지 않으면 힘들어하는 경향이 있다.

물론 누군가의 위로가 필요할 때도 있다. 하지만 스스로 공감하고 자신의 내면과 대화하는 것이 우선이라는 점을 회원들에게 설명했다. 자신을 함부로 대하는 것은 타인도 자신에게 아무렇게나 해도 된다고 묵시적으로 인정하는 것과 마찬가지다. 가장 중요한 사람은 바로 자기 자신이다. 책을 읽고 궁금했던 내용을 자신에게 적용해 보고 느낀 점을 표현하면서 회원들과 함께 답을 찾기로 했다. 타인에게 향하던 생각을 자신에게 집중하면 스스로를 소중하게 생각할 수 있다.

세 번째 책인 『나는 불안과 함께 살아간다』는 희망을 찾으려는 불안증 환자의 이야기를 담고 있다. 이번에도 심리 테스트인 가계도 그려 보기를 먼저 진행했다. 가계도는 가족 저변에 흐르는 정서 과정의 역동을 검토하거나, 가족과 함께 탐색할 수 있는 여러 가지 가설을 만드는 데 유용한 수단이다. 가계도를 살펴보면 원가족과의 융합 문제, 미분화 문제, 핵가족 정서 체계, 정서적 단절, 삼각관계 등이 드러난다. 가족 간의 의사소통 방법도 확인할 수 있다. 가계도는 보통 자신을 기준으로 3대까지 그린다. 회원들과 가계도를 그리면서 가족 관계와 역할에 따라 행동 패턴이나 성향이 다르다는 점을 알게 되었다. 또한 성격이나 기질에 따라 스트레스 정도가 다르다는 점도 이해할 수 있었다.

가계도를 그린 후 책에 나오는 불안과 자신이 경험한 불안에 대해 미리 준비한 세 가지 주제를 가지고 이야기를 나눴다. 첫 번째 주제는 일상에서 불안을 적당히 조절하기 위한 방법이다. 회원들은 상황이나 형태가 다를 뿐 불안하지 않은 때가 거의 없다고 했다. 그러면서 앞으로도 불안은 이어질 것이라고 예상했다. 물론 불안 자체는 일상에서 껄끄러운 존재다. 하지만 불안은 병이 아니라 우리에게 필요한 긴장 상태라고 여길 필요가 있다.

두 번째 주제는 불안의 정의다. 회원들은 마음과 몸의 소리, 본능을 일깨우는 알람, 몸과 마음의 반란, 관심과 무관심, 돌봄의 대상, 거절, 부담감과 일에 대한 책임 등 흥미롭고 다양한 표현으로 불안을 정의했다.

세 번째 주제는 불안에 대처하는 법이다. 불안은 다른 사람의 눈치를 덜 보고 자신이 원하는 만큼만 행동하는 '조율'을 통해 줄일 수 있다. 그리고 불안을 인정하고 수용해 자기 효능감을 높여야 한다. 예측할 수 없는 불안을 유연하게 생각하는 연습도 필요하다.

심리 모임 회원들은 자신을 구체적으로 알고 싶어서 능동적으로 표현하는 편이다. 심리적 어려움을 벗어날 수 있는 방법을 찾으려고 평소에도 적극적으로 노력하는 분들도 많다. 이런 회원들과 함께 책을 읽고 나누는 시간은 심리상담사인 나를 더욱 성장시키고 채울 수 있는 소중한 경험이 되어 준다.

독서모임으로 세상 읽기

○ ○ ○

요즘에는 매일 아침 코로나 뉴스를 보고 일일 확진자 수를 확인하며 하루를 시작한다. 2020년 12월, 하루 확진자가 1천 명을 넘어서면서 5인 이상 모임이 금지되었다. 12월에 예정되어 있던 심리 모임도 원하나 대표님과 상의해 연기하기로 했다.

내 인생 최고의 책 독서모임은 '줌^{Zoom}'을 활용해 비대면으로 진행하자는 연락을 받았다. 새로운 온라인 공간에서 독서모임을 진행하는 것도 괜찮을 듯했다. 교육 프로그램은 비대면으로 운영해 본 적이 있지만 독서모임은 처음이라 기대가 되었다.

독서모임 날, 화면에 가지런히 보이는 회원들의 모습이 처음에는 어색했지만 금세 익숙해졌다. 우리는 미야모토 테루의 소설 『환상의 빛』을 읽고 이야기를 나눴다. 작가나 일본 문학에 대한 배경 지식 없이 책을 읽었는데 전체적인 흐름이나 분위기가 우리 정서와 비슷하게 느껴졌다. 동해 바다의 겨울이 연상되었고 야간 벚꽃 축제가 떠오르기도 했다. 밤 기차를 타고 여행하는 장면도 그려졌다.

4개의 단편 소설로 이루어진 『환상의 빛』을 혼자 읽을 때는 각 단편별로 주제가 다르다고 생각했다. 그런데 회원들과 이야기를 나누면서 전체를 관통하는 주제가 있음을 깨달았다. 바로 죽음과 이별이다. 예전의 나에게 이별이란 슬픔으로 이어지는 나쁜 감정에 불과했다. 하지만 이제는 이별을 담담하게 받아들인다. 이별 자체가 아니라 이별 뒤의 그리움이 가슴을 아프게 하고 슬픔을 느끼게 한다는 사실을 알았기 때문이다. 다시는 볼 수 없다는 것이 그리움이고 슬픔이다. 『환상의 빛』을 읽으면서 어느덧 헤어짐에 의연하게 대처하는 나 자신을 발견했다. 역시나 혼자 책을 읽고 덮었더라면 알아차리지 못했을 것이다.

줌이라는 새로운 방식으로 진행한 독서모임은 마스크를 쓰고 만나는 대면 모임과는 달랐다. 코로나 걱정 없이 회원들을 보며 자유롭게 말하고 책을 읽은 후의 느낌이나 생각을 편안하게 공유할 수 있었다. 줌으로 독서모임을 해 보니 사업 설명회에도 잘 어울리는 플랫폼 같았다.

얼마 전 나는 창업 준비를 마무리하고 그 과정을 소개하는 사업 설명회를 준비했다. 사업과 관련된 기관의 담당자, 지인, 관심 있을 만한 분 등을 초대해서 진행하려 했지만 코로나의 영향으로 개최하지 못했다. '온라인 독서모임을 좀 더 일찍 경험했더라면…….' 준비한 발표 자료를 정리하면서 못내 아쉬웠다.

할 수 있는 모든 준비를 끝내고 창업을 해도 바로 일로 연결되지 않는다는 것을 안다. 내가 하려는 사업은 교육 프로그램을 만들어 운영하면서 사람들을 만나야 하는 일이다. 그러다 보니 지금은 좋은 시기가 아니라는 걱정의 말을 듣기도 했다. 하지만 하고 싶은 일을 하는 것 자체가 가능성이라는 사실을 깨달았다.

당장은 많은 것을 할 수 없는 상황이지만 결국은 하고 싶은 일을 하게 되리라고 믿는다. 10년 넘게 구상해 왔던 일이니 향후 10년 이상은 실천하고 도전하려 한다. 독서모임으로 세상을 읽으며 꾸준히 시도할 것이다. 지금까지 그랬듯이 독서모임은 앞으로도 나의 도전에 커다란 힘이 되어 주리라 믿는다.

함께라면 꾸준히 읽을 수 있습니다

저는 하고 싶은 일을 꿈꾸며 작은 사업을 시작했습니다. 직장인이었다가 프리랜서로 활동했고, 하고 싶은 일의 이유를 깨닫고는 새로운 목표를 세우고 있습니다. 2018년에는 사업 아이템을 구상하면서 도전했던 한국 여성벤처협회 지원 사업에 선정되었습니다. 그때부터 사업 계획서를 쓰고 아이템을 구체화하면서 본격적인 창업 공부를 시작했습니다.

이듬해에는 현실에서 어떻게 사업을 시작하고 이어 갈지를 고민했습니다. 2020년에는 한국 사회적 기업 진흥원의 창업 지원 사업에 선정되어 지원금으로 창업을 하고 작은 사업가가 되었습니다. 제가 하고 싶은 일은 두가지입니다. 인문학 교육을 바탕으로 문화 예술 프로그램을 운영하는 것과 개인적인 삶의 방향을 탐색한 후 자기 이야기를 읽고 쓰는 수업을 만드는 것입니다.

하고 싶은 일을 사업으로 구체화하기란 생각보다 어려웠습니다. 사업에 필요한 재무, 홍보, 마케팅 교육을 받았지만 당장 도움이 되지는 않았습니다. 사람들과 어울리며 관계를 잘 맺고 싶었지만 마음처럼 쉽지가 않았습니다. 그러다 초심을 떠올렸습니다. 생각해 보니 하고 싶은 일을 꿈꾸기 시작했을 무렵, 어떤 것부터 해야 할지 고민하던 중에 독서모임 운영자 모임을 만났습니다. 덕분에 사람과의 소통, 관계 맺음의 의미를 조금 더 이해할 수 있었습니다.

관계를 잘 유지하려면 서로의 다름을 인정해야 합니다. 그러려면 잘 듣고 공감하는 능력을 길러야 합니다. 책을 읽고 소통하는 독서모임에서는 그것이 가능했습니다. 책을 주제로 다양한 생각을 공유하며 얻은 깨달음을 지혜롭게 사업에 적용해 보려고 합니다.

원래 저는 혼자 책을 읽던 사람이었습니다. 그런데 독서모임에서 회원들과 함께 읽다 보니 이분법으로 세상을 바라보며 단편적으로 생각하던 스스로를 알아차리게 되었습니다. 또한 왜 일을 하고 싶은지, 어떻게 시작해야 하는지, 무엇과 연계해야 하는지에 관한 정보나 힌트를 얻을 수 있었습니다.

매월 1권 이상의 책을 시간이나 분량을 정해서 읽는 연습을 하면 책과 가까워질 수 있습니다. 독서는 자기 사업을 하는 사람에게 스스로 한계를 넘을 수 있는 소중한 경험을 제공합니다. 일정량을 정해 매일 체크하면서 읽어도 되고, 한꺼번에 읽어도 됩니다. 어떤 분야에서 무슨 일을 하든지 스스로 배우고 깨닫지 않는다면 계속 이어 가기 어렵습니다. 혼자 시작하면 빠르게 많은 일을 할 수 있지만, 함께하면 더 넓게 확장할 수 있고 꾸준히 오래 할 수 있습니다.

최근에는 작은 사업가 독서모임을 구상하고 있습니다. 현재 사업을 하는 사람, 자신만의 일을 하고 싶은 예비 사업가, 지금과는 다른 캐릭터로 살아가기를 원하는 사람들과 함께하는 모임입니다. 자기 계발서, 사업과 관련된 책, 사업 영역을 넓혀 주는 경영서, 철학이나 심리와 연결되는 책 등을 함께 읽고 싶습니다.

일부러 시간을 내서 책을 읽는 것이 처음에는 어려울 수 있습니다. 하지만 혼자가 아니라 함께하면 꾸준히 할 수 있습니다. 같은 고민을 하는 사람들과 만나 생각을 나누면 서로의 성장을 돕는 시너지를 만들어 낼 수 있습니다. 먼 길을 앞두고 잠시 쉬거나 아이디어를 전환하기 위해 우리 함께 독서모임을 시작하면 어떨까요?